Irish Blood

Irish Blood
Mona Parker

Die Autorin:

Schon seit ihrer Jugend ist Mona Parker begeisterte Leserin von Fantasyromanen, bis heute nimmt das Lesen von Büchern einen Großteil ihrer Freizeit ein. Der Wunsch, Schriftstellerin zu werden, kam bereits in der Grundschule auf und ist seitdem stets gewachsen. Mittlerweile interessiert sie nicht nur das Genre Fantasy. Auch Klassiker wie Faust von Johann Wolfgang Goethe, Liebesromane oder auch aktuelle Themen in Bücherform finden einen Platz in ihrem großen Bücherregal.

Dem Leser das wunderbare Gefühl von einem guten Buch zu vermitteln, das Bauchkribbeln bei Liebesszenen, das rasende Herz bei spannenden Abschnitten und den/die Leser/in für einen Moment die Realität vergessen zu lassen, hat sie sich als Ziel gesetzt. Zusammen mit ihrem Mann und Hund lebt sie in einem kleinen Dorf in Mittelhessen.

Bibliografische Information der Deutschen Nationalbibliothek: Die Deutsche Nationalbibliothek verzeichnet diese Publikation in der Deutschen Nationalbibliografie; detaillierte bibliografische Daten sind im Internet über dnb.dnb.de abrufbar.

© 2020 Parker, Mona
Herstellung und Verlag: BoD – Books on Demand, Norderstedt
Lektorat und Korrektorat: Lektorat Rau
Covergestaltung: Dennis Schneider
ISBN: 9783752602784

Für Annalena.
Und alle anderen, die gerne in fantastische Welten
eintauchen.

Kapitel 1: Mila

Ich konnte nicht sagen, wo ich mich befand. Es kamen viele Orte auf der Welt in Betracht. Mit einem starren Gefühl in den Händen versuchte ich mit meinen Fingerspitzen den Untergrund neben mir zu ertasten. Er fühlte sich kalt und feucht an. Ein erdiger, moosiger Geruch stieg mir in die Nase. Unangenehm empfand ich ihn nicht ... nein, er weckte Erinnerungen in mir, die ich mir in diesem Moment nicht erklären konnte. Plötzlich raschelte es in der Ferne, ich richtete meinen Kopf auf, um nachzusehen, was es sein könnte. Ich konnte nichts erkennen, außer Nebelschwaden, die sich auf einer Wiese vor mir bildeten. Um mich in meinem Umfeld zu orientieren, versuchte ich mich aufzurappeln. Ich stützte meine Hände auf dem Boden ab und stellte meine Füße auf. Kalter Schweiß lief mir den Rücken hinunter. Vorsichtig versuchte ich einen Fuß vor den anderen zu setzen, doch ich kam nicht von der Stelle. Wie ein Sog, der mich nach hinten zog, stand ich angewurzelt auf der Stelle. Panisch ruderte ich mit meinen Armen, um weiterzukommen, doch auch das war aussichtslos. Das Geräusch näherte sich. Auf einmal spürte ich einen stechenden Schmerz an meiner linken Halsschlagader.

Ich presste meine Hände fest an meinen Hals und rang nach Luft. Ich verlor jeglichen Mechanismus, der meinen

Körper aufrechterhielt – versuchte nach Hilfe zu schreien, doch ich bekam keinen Ton heraus.

Als ich an mir herunterschaute, konnte ich eine Klippe erahnen und der Geruch von Salzwasser streifte meine Nase. Im selben Moment rutschte ich ab und stürzte hinunter in das tiefe Blau eines stürmischen Ozeans. Durch den Aufprall spürte ich jede Schmerzfaser in mir und für einen Moment war ich unfähig, mich zu bewegen. Mein Körper sank tiefer und tiefer. Das Blau des Ozeans wurde immer dunkler, je näher ich dem Grund kam. Meine Lungen rangen innerlich nach Luft, die sie nicht bekommen konnten. Panik breitete sich in mir aus. Die Hände um meinen Hals geschlungen, versuchte ich verzweifelt die letzten Sauerstoffreserven auszudehnen. Doch es war sinnlos. Das Bewusstsein schwand allmählich.

Mila … Mila … Mila … hörte ich jemanden meinen Namen rufen. Die Stimme erklang leise und gedämpft, als wären die Lungenflügel desjenigen mit Wasser gefüllt und doch zog sie mein verbleibendes Bewusstsein, das ich nicht an den Ozean verloren hatte, auf sich.

Durch den unerträglichen Schmerz öffnete ich meine Augen.

„Schätzchen, du bist kurz eingenickt", flüsterte meine Mutter, die mir besorgt über meinen Unterarm streichelte, der von meiner unbequemen Haltung am Esstisch eingeschlafen war.

„Entschuldige Mum, ich bin einfach nur ein bisschen müde", raunte ich vor mich hin, während ich meine Gedanken sortierte und überlegte, ob ich aufgehört hatte zu träumen. Mein Herz raste immer noch zu schnell.

„Hast du von deinem heimlichen Liebhaber geträumt?", fragte meine Mutter in einem sarkastisch anzüglichen Ton. Sie brachte ein beherztes Lachen hervor, in das mein Bruder und mein Vater einstimmten, die neben ihr am Esstisch saßen.

„Kommst du in den nächsten Tagen noch mal rüber zu uns? Tom freut sich auf einen Familienabend mit ganz vielen alten Erinnerungen." Mein Vater versuchte es nicht als eine Forderung auszudrücken, doch ich wusste, dass es sich um eine handelte. Das Codewort für ganz viele Erinnerungen hieß ‚wir schauen uns alte Bilder aus Irland an', wo meine Eltern vor unserer Geburt gelebt hatten. Diese Bilder waren wundervoll und vielleicht schweifte ich deshalb so oft in diese mystische Welt ab. Doch die Augenringe in meinem Gesicht hatten andere Pläne.

„Ich muss auf meinen Dienstplan schauen Dad, du weißt, dass es nicht so einfach ist, Schichten zu tauschen." Während ich zu Ende sprach, stand ich vom Tisch auf und umarmte meine Eltern und meinen kleinen Bruder.

„Ich muss jetzt wirklich los, das Bett wartet zu Hause auf mich." Gähnend hielt ich mir eine Hand vor den Mund.

Fünf Minuten später stand ich an meinem Wagen, der in der Einfahrt parkte.

Glücklicherweise dauerte die Fahrt vom Haus meiner Eltern in Salem zu meiner Wohnung in Portland nur eine knappe Stunde. Auf der Fahrt öffnete ich das Fenster einen Spalt, um Sauerstoff zu bekommen, damit ich meine Müdigkeit überwinden konnte.

Nach anderthalb Stunden, die ich aufgrund des Staus auf den Hauptverkehrsstraßen verbrachte, stand ich vor meiner Tür. Nachdem ich zwei Schritte in meine Wohnung gesetzt hatte, landete mein Rucksack in der nächsten Ecke und ich schliff meinen müden Körper ins Badezimmer.

Während ich meine Zähne putzte, erschrak ich vor meinem eigenen Spiegelbild. Der Glanz in meinen Augen war verschwunden und dunkle Schatten zeichneten sich unter ihnen ab. Ich konnte sie kaum offenhalten. Kein Wunder, bei meinen Arbeitszeiten. Dieser Schichtwechsel nahm jeden Körper mit.

Ich warf mir ein schlabberiges T-Shirt über, das mindestens drei Nummern zu groß war. Als ich mich unter die mollig warme Decke legte, spürte ich, wie mir die Augen vor Müdigkeit zufielen.

Kapitel 2: Mila

4:33 Uhr zeigte mein Wecker am Morgen. Na super, dachte ich. Eigentlich sollte er erst in 27 Minuten klingeln. Mein Körper hatte eindeutig seinen Biorhythmus verloren.

Heute hatte ich wieder Frühdienst in der Blutspende. Zum Glück war am Ende des Monats nur einiges an Papierkram zu erledigen, da die Abrechnung anstand.

Bevor ich mich seelisch auf das Arbeiten einstellte, beschloss ich eine heiße Dusche zu nehmen. Das hatte ich nach dem gestrigen Arbeitstag bitter nötig: Meine gelockten Haare standen wie ein Wischmopp von meinem Kopf ab. Die Augenschatten unterstrichen die verschmierte Wimperntusche, die mich gegensätzlich zu meiner blassen Haut, wie ein trauriger Panda wirken ließ.

Ich stellte die Wassertemperatur auf mollige 38 Grad ein. Mein Körper entspannte sich, als die ersten Tropfen auf meine Haut rieselten. Ich fuhr mit den Händen durch meine Haare, die durch das Wasser einen Bronzeton annahmen. Einzelne Wasserperlen tropften von meinen Haaren auf meinen unteren Rücken und von dort aus plätscherten sie auf den Duschboden. Ich liebte dieses Geräusch.

Ich konnte nicht sagen, wie viel Zeit vergangen war, als mein Rücken gefühllos wurde, da das Wasser immer noch pausenlos auf ihn niederprasselte. Meine schrumpelige Haut war ein Zeichen dafür, dass ich die Dusche verlassen sollte. Mit zwei großen Schritten auf den kalten

Badezimmerboden stand ich am weißen Waschbecken. Ich band mir ein großes Handtuch um und versuchte etwas in dem angelaufenen Badspiegel zu erkennen. Die Ringe unter meinen Augen waren verblasst, trotzdem sah ich entkräftet aus.

Heute hatte ich mir vorgenommen, die kurze Strecke bis zum Krankenhaus zu laufen. Die Bewegung würde mir guttun und das war ein Grund, warum ich hier nach Portland gezogen war. Ich wollte mein Auto seltener nutzen.

Der angenehme Duft meines Duschgels wurde vom Abgasgestank der Rushhour überdeckt. Ich freute mich, wenn ich im ländlicheren Teil der Stadt ankam, denn hier zogen sich die grauen Hochhäuser, dicht aneinandergebaut, in die Höhe. Von Bäumen, grünen Flächen oder Blumenbeeten war nichts zu sehen.

Nachdem ich mir um die Ecke einen Kaffee to go geholt hatte, entfernte ich mich mit schnellem Schritt von den großen grauen Hochhäusern.

Plötzlich zogen zwei Hände entgegen meiner Laufrichtung an meinen Schultern.

„Guten Morgen!", quakte Jenna, die mich zu sich drehte und in ihre Arme schloss.

„Musst du mich so erschrecken?!"

Meine Hände, die ich zu Verteidigungszwecken schon zu Fäusten geballt hatte, hörten auf zu zittern und mein Herzschlag normalisierte sich.

„Tut mir leid, ich habe mich nur gefreut, dass ich dich vor unserer gemeinsamen Schicht sehe", schwärmte sie.

Auch wenn sie mich erschreckt hatte, musste ich lächeln. Jenna erleuchtete diese traurige Stadt mit ihrer Erscheinung und machte es für mich erträglicher, hier seit vier Monaten zu leben.

„Wenn wir uns ein wenig beeilen, können wir vielleicht heute früher Feierabend machen und etwas zusammen unternehmen", schlug sie vor und erhöhte ihr Schritttempo im selben Moment.

Ich nickte, denn gegen Jennas ‚Vorschläge' konnte man nicht vorgehen oder sie ablehnen. Wenn man es tat, wurde man mindestens zwei Tage mit gnadenlosem Schweigen am Arbeitsplatz bestraft. Das wollte ich mir nicht antun, denn in meiner Wohnung war es abends still genug.

Jenna freute sich über meine Zustimmung und schob mich in Richtung der großen Eingangstüre des Krankenhauses, die wir in den nächsten Metern erreichten.

Seufzend lehnte ich mich zurück in meinem Schreibtischstuhl. Die Zahlen aus den Abrechnungsbögen schwirrten in meinem Kopf herum, sodass ich keinen klaren Gedanken fassen konnte. Ich schnappte mir meine Wasserflasche, um eine kurze Pause einzulegen.

Jenna schien es nicht besser zu gehen, denn sie zerkaute ihren Bleistift. Er war dafür gedacht, um Notizen auf einem Schmierblatt zu machen. Nun zierten Kanten und Wölbungen den zuvor noch glatten Stift.

„Jenna, ich glaube, du brauchst auch eine Pause." Ich tippte sie an, während ich mitleidig auf ihren zerstörten Bleistift blickte.

„Ja, damit könntest du recht haben." Jenna lachte und ließ theatralisch den Bleistift auf den Tisch fallen.

Nachdem wir beide unsere Wasserflaschen halb gelehrt hatten und Jenna mich mit Nervennahrung versorgt hatte, saßen wir wieder über unseren Unterlagen.

„Lass uns eine Wette abschließen", begann Jenna ihren Satz mit einem schelmischen Grinsen. Fragend schaute ich sie an.

„Wer zuerst mit seinem Stapel fertig ist, hat gewonnen. Wenn ich gewinne, dann gehen wir heute nach der Arbeit shoppen uuund in den nächsten Tagen zusammen auf eine Veranstaltung." Nachdenklich legte sie ihre Finger an ihr Kinn. „Und wenn du gewinnst, dann machen wir einen langweiligen Filmabend in Schlabberklamotten, in Ordnung?"

„Abgemacht", sagte ich entschlossen und hielt ihr meine Hand zum Einschlagen hin. Jenna tat so, als würde sie sich in ihre Hand spucken, lachte und schlug ein.

Sie wusste genau, wie sehr ich shoppen hasste, genauso wie die Veranstaltungen, die sie regelmäßig besuchte. In den letzten Monaten hatte sie mich bereits auf zwei dieser Veranstaltungen mitgenommen, deren Dresscode eine Abendgarderobe voraussah. Jenna fühlte sich dort pudelwohl, bei mir war genau das Gegenteil der Fall. Doch genauso gut wusste ich, dass sie es hasste, Jogginghosen zu tragen. Sie hatte zu große Angst, vom Modeschöpfer heimgesucht zu werden, der ihr die Hose persönlich von den Beinen reißen würde.

Es handelte sich um die perfekte Wette zwischen uns beiden. Ich war mir meiner Schnelligkeit im Rechnen bewusst und ich konnte den Sieg bereits riechen, als der Pager an meiner Arbeitshose vibrierte.

Verdammt! Heute war ich für das Notfallteam unter den Krankenschwestern eingeteilt und genau jetzt traf ein Notfall in der Ambulanz ein. Schnell richtete ich mich auf und blickte noch einmal zu Jenna, die mir erst die Zunge herausstreckte und mir danach viel Erfolg bei der Rettung des Patienten wünschte.

Mit einem Blick auf den Pager, der mir die Blutgruppe des Patienten anzeigte, griff ich schnell in eines der Kühlfächer, in denen Bluttransfusionen gelagert waren.

Eilig joggte ich durch drei Gänge, die zur Notaufnahme führten. Als ich um die Ecke bog, sah ich ein Patientenbett, das durch den Eingang geschoben wurde und von einigen Ärzten und Assistenzpersonal umringt war. Ich stellte mich zu ihnen und sie begannen mit ihrem Bericht: „Patientin, 29 Jahre alt, Wildtierangriff. Sie braucht dringend Bluttransfusionen und Medikamente gegen die Schmerzen. Ms. Brennan, kümmern Sie sich um die Transfusionen, die anderen brauche ich in Raum 1, um die Medikamente vorzubereiten."

Dann nahm alles schnell seinen Lauf und jeder ging seinen Aufgaben nach. Ich bereitete die Transfusionen vor und wollte sie gerade an die Halterung des Krankenbettes anbringen, als ich die gegenüberliegende Körperhälfte der Patientin sah.

Gänsehaut breitete sich aus, als ich auf ihren zerfetzten Teil ihres Halses starrte, aus dem das Blut unaufhaltsam floss. Ihre Augen riss sie weit auf. Einzelne geplatzte Äderchen zeichneten sich in ihnen ab, sodass sie blutrot unterlaufen aussahen. Ihr Brustkorb hob und senkte sich zu schnell.

Mit einem Stift beschriftete ich zügig die Bluttransfusion und schnellte in Richtung Raum 1, doch die Patientin zog mit ihrer blutigen Hand an meinem weißen Kasack. Abrupt drehte ich mich zu ihr um, sie wollte mir etwas sagen, doch ich verstand sie nicht. Bei jedem Ton, der versuchte ihren Mund zu verlassen, bildete ich mir ein, ihre Lunge sanft pfeifen zu hören.

Ich beugte mich über ihren Mund, um ihre flehenden Versuche des Sprechens zu verstehen. Sofort breitete sich der metallische Geruch von Blut in meiner Nase aus.

„Ich habe Sie nicht verstanden. Was wollen Sie mir sagen?" Verständlich und laut versuchte ich mich auszudrücken, ihr Blick ruhte immer quälender auf mir.

„Mann ... Schmerzen ... Hilfe", ächzte sie schmerzerfüllt.

„Sie bekommen sofort etwas gegen die Schmerzen", versicherte ich ihr und blickte zu der offenen Tür in Raum 1, wo das Assistenzpersonal die Schmerzmedikation vorbereitete.

Kräftig schüttelte sie ihren verletzten Kopf, auch wenn das Blut nur noch mehr aus ihrer Wunde heraustrat.

„Tier", krächzte sie und schüttelte weiter ihren Kopf. Sie musste vor Schmerzen den Verstand verloren haben. Wieder wollte ich sie beschwichtigen, als sich ein Blutschwall aus ihrem Mund bahnte und sich über ihrem gesamten Oberkörper ergoss. Ihre halben Sätze, die zuvor schon unverständlich waren, erstickten komplett in Blut, das sich nach und nach in ihrem Mund sammelte.

Zwei Pflegehelfer drängten mich im nächsten Moment beiseite und schoben das Bett in den vorgesehenen Raum.

„Dankeschön Ms. Brennan, wir benötigen Ihre Hilfe nicht mehr. Sie können zurück in die Blutspende. Bis zum nächsten Mal", sagte einer der Ärzte, der bereits eine Absaugpumpe in den Händen hielt. Ein Assistent schloss die Tür, als das Bett im Raum untergebracht war.

Nachdem ich mich beruhigt hatte und meine Hände aufhörten zu zittern, zog ich mir in der Umkleide einen neuen Kasack an und ging zurück zur Blutspende. So eine schwerwiegende Wunde hatte ich lange nicht mehr gesehen.

Dort angekommen, saß Jenna immer noch in derselben Haltung wie zuvor auf ihrem Platz und bearbeitete die letzten zwei Dokumente auf ihrem Stapel.

„Alles in Ordnung?" Fragend blickte sie von ihren Dokumenten auf und dehnte ihre Arme hinter ihrem Rücken, der dabei zweimal knackte.

„Ja, nur die Frau hatte wirklich schwerwiegende Verletzungen. Ich weiß nicht, ob sie durchkommt."

Aufmunternd schaute Jenna mich an und tätschelte meinen Unterarm, nachdem ich ihr auf den Schreibtischstühlen wieder Gesellschaft leistete.

„Ich will deine Stimmung ja nicht noch mehr verschlechtern, aber ..."

„Aber was?", fragte ich sie.

„Ich habe die Wette gewonnen", sang sie und grinste mich schadenfroh an.

„Das ist jetzt nicht dein Ernst?" Ich versuchte eine ernste Miene zu bewahren, musste aber dennoch lachen.

„Wettschulden sind Ehrenschulden", führte sie tadelnd auf.

Ja, sie war nicht breitzuschlagen.

Nachdem wir alle Dokumente wegsortiert hatten, war die Zwölf-Stunden-Schicht vorüber. Wir waren beide froh darüber, da uns der Kopf rauchte.

Glücklicherweise war es abends unter der Woche nicht mehr überfüllt in den Einkaufsmeilen von Portland. Doch durch Jenna zogen wir einige Blicke auf uns. Sie trug ein zitronengelbes Oberteil, das auf den Millimeter genau ihre Oberweite überdeckte – aber auch nur diese. Und ein hautenges Lederröckchen, das wie ihre schulterlangen Haare in einem tiefen Schwarz, einen starken Kontrast zum farbigen Oberteil bot. Natürlich durften die hochhackigen Schuhe nicht fehlen, sie trug Sandalen mit mindestens zehn Zentimeter Absatz. Auch wenn ich es mir manchmal wünschte, hatte ich das Gefühl, dass mir diese auffällige Kleidung nicht stand. Deshalb hatte ich ausschließlich nur Basic-Shirts und Jeans in meinem Kleiderschrank.

Kaum waren wir in der Einkaufsmeile angekommen, zog Jenna die erste Ladentür auf und schliff mich hinter ihr her. Während sie das fünfte Oberteil, die dritte Hose und das vierte Kleid anprobiert hatte, entschied ich mich für kein einziges Teil. Jenna huschte von einer Ecke des Ladens in die andere und ich saß mit ihren ausgewählten Kleidungsstücken auf einem unbequemen Hocker.

Wir verließen den Laden mit drei großen Plastiktüten, von denen keine einzige mir gehörte.

„Als Nächstes bist du dran, meine Liebe."

„Ich glaube nicht, dass das hier die richtigen Läden für mich sind", versuchte ich auszuweichen. Nach diesem Tag war mir erst recht nicht nach shoppen zumute.

„Hast du vergessen, dass du mich auf eine gehobenere Veranstaltung begleiten musst? Diesmal nehme ich dich nicht in Jeans und Bluse mit", gab sie mir ausdrücklich zu verstehen.

„Du kaufst dir jetzt ein Abendkleid und wenn ich dir am Ende eines aufzwingen muss! Du wirst großartig in einem Kleid aussehen. Auf geht's!", befahl sie mir und zerrte mich in das nächste Geschäft.

Nun war Jenna ganz in ihrem Element und suchte eine Auswahl an sexy Kleidern für mich heraus, aus denen ich eines mitnehmen sollte. Das bedeutete, dass ich ohne Kleid nicht den Laden verlassen durfte, wenn ich mich nicht auf eine große Diskussion einlassen wollte.

Auch wenn ich mir vorerst unschlüssig war, fiel meine Entscheidung am Ende auf ein enganliegendes Cocktailkleid in einem eindrucksvollen Marineblau. Es endete kurz vor meinen Knien und schmiegte sich perfekt an meinen Körper. Meine üppige Oberweite kam durch das Kleid mehr als gut zur Geltung, was ich zugegeben nicht übel fand.

Mit meinem neuen Kleid und fast 150 Dollar weniger in der Tasche, machten wir uns auf den Rückweg. Ich zog meine Beine nur noch hinter mir her, da die restliche Kraft, die ich noch besaß, beim Shoppen verbraucht wurde.

Nachdem Jenna in der letzten Querstraße in Richtung ihrer Wohnung abgebogen war, zermarterte ich mir den Kopf wegen des Notfalls im Krankenhaus.

Ich überlegte, welches Tier die Frau gebissen haben könnte. Vermutlich hatte es Tollwut oder eine andere Krankheit. Die meisten Tiere gingen vor Angst nicht einmal in die Nähe der Menschen.

Allzu lange wohnte ich noch nicht in Portland, aber ich ging die Tierarten in meinen Gedanken durch, bei denen ich wusste, dass sie hier in den Wäldern lebten. Zu einem schlüssigen Ergebnis brachte mich das aber nicht.

Auch wenn ich heute Morgen geduscht hatte, musste ich es jetzt noch einmal tun. Der metallische Geruch des Blutes lag immer noch in meiner Nase und ekelte mich an. In der Dusche versuchte ich mir das schlechte Ereignis vom Körper zu waschen. Anschließend zog ich mir einen Slip und einen BH an, mehr brauchte man nicht bei diesen ungewöhnlich warmen Temperaturen an diesem Herbstabend.

Meine nassen Locken band ich mir mit einem ausgeleierten Haargummi zu einem unordentlichen Dutt zusammen. Bevor ich zum gemütlichen Teil überging, hängte ich das gekaufte Kleid mit einem Kleiderbügel an meinen Kleiderschrank, damit es nicht verknitterte.

Mit einer Flasche Wasser schlenderte ich in meine Wohnzimmerecke, die genau für solche Abende, an denen ich völlig ausgelaugt war, von mir eingerichtet worden war. Mit einer großen quadratischen Couch, die ich mit einem kuscheligen Fleecebezug überdeckt hatte und einem Dutzend Kissen, in die ich mich nach einem langen Tag kuscheln konnte. Ich drückte auf den Netflix-Button meiner Fernbedienung und schaute meine angefangene Crime-Serie weiter.

Ich konnte noch verfolgen, wie die Leiche bei einem Gerichtsmediziner landete und sie eine unglaubliche Entdeckung machten, mit der man den Mörder sofort identifizieren konnte. Den Rest der Folge bekam ich nicht mehr mit, denn meine Augenlider wurden immer schwerer und die Müdigkeit vereinnahmte mich.

Kapitel 3: Mila

Ich spürte, wie erst ein kalter Finger, dann zwei meine Hand berührten. Sie wanderten von meiner äußeren Handfläche in meine innere und weiter in Richtung meines Handgelenks.

Der Druck der Finger änderte sich. Er war nicht mehr sanft, sondern wurde fester. Es fühlte sich an, als wollte jemand den Puls an meinem Handgelenk ertasten. Mein Pulsschlag erhöhte sich. Je länger die Finger versuchten, ihn zu ertasten, umso schneller wurde er.

Ein beengendes Gefühl, das sich in meinen Adern ausbreitete, wanderte langsam in meinen Oberarm, bis es mein Herz erreichte. Das warme Herz schlug wie wild gegen meinen Brustkorb.

Kurz darauf ließ der Druck an meinem Handgelenk nach und die Finger strichen mit einer Leichtigkeit an meinem Oberarm entlang. Sie nahmen denselben Weg, den auch das Gefühl genommen hatte. Gänsehaut breitete sich abrupt auf meinem ganzen Körper aus und meine Atemzüge wurden schneller. Auch wenn ich es gewollt hätte, wäre eine Bewegung gerade unmöglich gewesen. Die aufkommende Angst lähmte meinen ganzen Körper.

Als die Finger an meinem Hals ankamen, fühlte ich immer näherkommende warme Atemluft, die im selben Rhythmus wie meine, ein- und ausströmte.

Urplötzlich tauchte eine Kreatur ein paar Meter entfernt vor mir auf. Genau konnte ich sie nicht identifizieren – vermutlich eine Kreuzung aus mehreren Tierarten.

22

Ich schaffte es nicht, mir das Tier genauer zu betrachten, denn es rannte auf mich zu und als es bei mir ankam, verspürte ich einen schrillen Schmerz an meinem Hals, der mich laut aufschreien ließ.

Schweißgebadet schlug ich meine Augen auf. Mein Herz raste und ich versuchte verzweifelt meinen geregelten Atemrhythmus zu finden. Ich musste schlecht geträumt haben. Es dauerte ein paar Minuten, bis ich mich in meinem Wohnzimmer orientieren konnte und sich mein Puls normalisierte.

Mit einem Blick auf die Uhr breitete sich Enttäuschung in mir aus, denn in zwei Minuten endete die Nacht für mich.

Ausgeschlafen konnte ich meinen Zustand nicht nennen, was mir wie immer, mein Erscheinungsbild im riesigen Badspiegel bestätigte. Schnell richtete ich mir meinen verknoteten Dutt zu einem anständigen Pferdeschwanz. Schlaftrunken wühlte ich in meinen Küchenschränken rum, um die letzten Reste des Kaffeepulvers zu finden. Volltreffer! Für ein Tasse Kaffee reichte es noch. So konnte ich mich besser für die Arbeit motivieren.

Im Krankenhaus angekommen, saß ich vor einem großen Haufen Akten. Heute verrichtete ich meinen Dienst in der Pathologie, denn wir waren ‚Mädchen für alles‘ und arbeiteten abwechselnd in allen Abteilungen.

Die meisten Akten hatte ich in der letzten Woche fast fertiggestellt, und sie mussten nur noch in die richtigen Fächer sortiert werden.

Eine davon hatte ich noch nicht in den Händen gehalten. Sie zeigte mir einen bekannten Fall:

Die Akte von Finja Sherman. So hieß die junge Frau, die gestern in der Notaufnahme vor mir gelegen hatte. Sie war den schweren Verletzungen erlegen und hatte die Nacht nicht überlebt. Mein Magen krampfte sich beim Lesen dieser Nachricht schmerzhaft zusammen. Leider gehörte auch das zu meinem Job.

Hier in der Pathologie durfte ich die Akten von den Toten durchsehen und danach beurteilen, ob weitere pathologische Untersuchungen angesetzt werden sollten oder nicht. Meist war es einfach zwischen Mord, Unfall oder dem natürlichen Tod zu unterscheiden. Wenn ich Glück hatte, und bestimmte Gerichtsmediziner mit mir zusammen Dienst hatten, durfte ich mir für die Beurteilung die Leiche selbst ansehen. Nicht alle Gerichtsmediziner waren der Meinung, dass eine Krankenschwester das beurteilen konnte, die meisten gaben einem auch nicht die Chance, es zu lernen. Andere hingegen, leider die wenigsten, stiegen von ihrem hohen Ross herunter und beurteilten im Team mit den Angestellten den Tathergang.

Natürlich waren die anderen Bereiche, in denen ich arbeitete, nicht langweilig, aber die Pathologie brachte einen des Öfteren an die eigenen Grenzen. Dort erkannte man erst, wie grausam und gefährlich einige Menschen sein konnten, denn die meisten Mörder waren Wiederholungstäter. In der Blutspende, der Intensivstation oder auf den normalen Stationen wurde einem das Übel nicht so oft offenbart.

Mit meinen Gedanken bei dem gestrigen Fall, interessierte es mich, welche Details über das Tier in der Fallakte standen. Mein Albtraum letzte Nacht ließ mich zögern. Die unheimliche Kreatur tauchte wieder in meinen Gedanken auf und ließ mich erzittern. Ich konnte nicht behaupten, dass ich ein Angsthase war, aber diese blutrünstige Kreatur ließ mir einen Schauder über den Rücken laufen.

Ein Telefon, das im Nachbarraum klingelte, riss mich aus meinen Gedanken und verdrängte das Bild des üblen Tieres.

Ich schlug die Akte auf, um herauszufinden, um welches Tier es sich bei dem Angriff handelte. Meine geschulten Augen überflogen das Blatt, da ich nach einigen Jahren in meinem Job genau wusste, wo sich die spannenden Details in den Akten befanden.

„Tierangriff ohne weitere Ermittlungen" stand an der Stelle, an der sonst mehrere Zeilen lang die verrücktesten Vermutungen stehen würden. Nicht einmal ein Verdacht über die Art des Tieres wurde aufgeführt.

Als Nächstes nahm ich mir die Fotos zur Hand. Bilder aus allen Perspektiven besserten mein mulmiges Gefühl im Magen nicht im Geringsten.

Durch ein „Guten Morgen" von der mir bekannten Stimme des Gerichtsmediziners, blickte ich aus den Unterlagen hervor. Gerade betrat er das Büro mit einer Tasse Kaffee, die mit ihrem angenehmen Geruch den ganzen Raum aromatisierte.

„Guten Morgen, kann ich etwas für Sie tun?", fragte ich ihn, da er normalerweise nie ohne eine vorherige Ankündigung in die Büros gestiefelt kam.

„Ich brauche nur die Akte", nuschelte er unfreundlich, während er mit dem Finger auf die Unterlagen von Finja Sherman deutete. Ich wusste nicht, wie ich ihm am besten unauffällig ein paar Fragen zu dem Fall stellen konnte, aber es interessierte mich brennend.

„Stimmt damit etwas nicht?" Vorsichtig versuchte ich mich an eine Antwort heranzutasten, als ob ich noch keinen Blick in die Akte geworfen hätte.

„Doch, es ist alles in Ordnung."

Diese Aussage war das perfekte Beispiel dafür, dass der Arzt nur das Nötigste mit einem besprach. Dr. Mantus war genau das Gegenteil eines netten Gerichtsmediziners. Seine grauen langen Haare, die er zu einem Zopf gebunden hatte, zog er noch einmal etwas fester zusammen, während er mich fordernd anschaute. Sein stoppeliger Dreitagebart zierte sein griesgrämiges Gesicht.

Ohne weitere Worte nahm mir Dr. Mantus die Akte aus der Hand, die ich ihm entgegenhielt und lief Richtung Tür.

„Welches Tier hat die Frau angegriffen?", fragte ich mit leicht zitternder Stimme, voller Hoffnung, dass mir der grimmige Arzt die Frage nicht übelnehmen würde.

Zögerlich drehte er sich zu mir um und ich konnte ihm ansehen, dass er genau überlegte, was er mir sagen durfte und was nicht.

„Es ist nicht bekannt, genauso wenig wie bei den Fällen in den letzten Wochen. Schönen Tag noch, Ms. Brennan." Schnell lief er aus dem Büro heraus, sodass ich ihn nicht einmal mehr anstandsweise verabschieden konnte.

Welche Fälle der letzten Wochen meinte er?

Nach kurzen Überlegungen erinnerte ich mich an den Ordner, in dem die unaufgeklärten Fälle abgeheftet waren. Er wurde von dem nichtärztlichen Personal kaum als Ablageort benutzt, da die Fälle, die mir bekannt waren, meist innerhalb kürzester Zeit aufgeklärt wurden.

Ich öffnete eine Schranktür unter dem Schreibtisch und zog den Ordner hervor. Einmal im Monat reinigten die Putzfrauen die Büroabteile in der Pathologie bis auf die letzte Ecke. Oftmals hatte ich zeitgleich meinen Dienst hier unten und jedes einzelne Mal war der Ordner trotzdem mit Staub bedeckt, da die Putzfrau diesen Schrank nie anrührte. Diesmal war es jedoch anders – ich konnte deutlich Fingerabdrücke erkennen.

Mit einem kräftigen Atemstoß pustete ich die dicke Staubschicht vom Ordner.

Ich legte ihn auf den Tisch und schlug ihn vorsichtig auf. Er war eindeutig dicker, als erwartet.

Ich brauchte nicht lange darin blättern, bis mir kurzzeitig der Atem stockte: fünf Fälle eines unbekannten Tierangriffs allein in den letzten zwei Wochen. Ich legte alle Fallbilder akribisch geordnet nebeneinander auf den großen Schreibtisch. Die Bilder der fünf Opfer sahen nahezu identisch aus. Alle hatten die Verletzung an der gleichen

Stelle am Hals. Ob Tollwut hier bei den Tieren weit verbreitet war? Das musste ich in einer freien Minute genauer in Erfahrung bringen. Plötzlich hörte ich, wie jemand an die Tür des Büros klopfte. Den Ordner stellte ich schnell an seinen Platz zurück und rief: „Herein"

Es war die Sekretärin, die mir ohne ein Wort an mich zu verlieren, noch einen Stapel Akten auf den Schreibtisch knallte und den Raum verließ. Das war knapp. Sie wäre nicht begeistert gewesen, wenn sie gesehen hätte, dass ich ausschließlich in alten Fällen stöbere, anstatt die aktuellen Akten zu bearbeiten.

Den restlichen Vormittag studierte ich die verbleibenden Akten, um meine Neugierde nicht offensichtlich zur Schau zu stellen. Immer wieder gähnte ich vor mich hin, da sich kaum spannende Fälle unter ihnen befanden und ich sie somit nur mit einigen Stempeln und Unterschriften versehen musste.

Bis zu meiner Pause quälte ich mich regelrecht dabei, bei der langweiligen Routine keine Fehler zu begehen.

Ich atmete einmal tief und erleichtert auf, als meine Uhr endlich 12:30 Uhr zeigte: Mittagspause. Mit meinem Rucksack auf den Schultern verließ ich das Krankenhaus durch eine Hintertür, die direkt auf einen lichten Waldweg führte. Dort verbrachte ich nahezu jede Mittagspause mit einem gemütlichen Spaziergang, denn die frische Luft gab mir Kraft für die restlichen Stunden an der Arbeit. Als ich die Tür öffnete, umhüllte mich die frische Luft.

Der Waldgeruch nach Moos, die feuchte Erde unter meinen Schuhen und die bunten Blätter, die die Baumkronen zierten, erinnerten mich an die Bilder aus Irland, die mein Vater mir immer zeigte. Bisher war ich noch nie dort gewesen, doch seit Jahren versprachen mir meine Eltern, dass wir das Land meiner Abstammung bald gemeinsam besuchen würden. Ich konnte nicht beschreiben, warum meine Sehnsucht nach Irland so groß war. Vielleicht lag es an den Weiten der Natur, die so atemberaubend sein sollte, sodass man aus dem Staunen nicht mehr herauskam. Vielleicht wollte ich erfahren, wo meine Eltern die ersten Etappen ihres Lebens verbracht hatten – und wenn mein Vater dort zur damaligen Zeit einen Job gefunden hätte – würde ich möglicherweise heute dort leben.

Die feuchtwarme Herbstluft ließ schon nach zehn Minuten die Schweißperlen auf meiner Stirn laufen.
Die ungeklärten Fälle konnte ich auch nach der Hälfte meiner Runde nicht aus meinem Kopf verbannen.
Ich hoffte darauf, dass das Tier bald gefunden würde, um die Gefahr für die Menschen zu verringern.
Ich holte aus meinem Rucksack meine befüllte Brotdose und eine Flasche Wasser, da um die Ecke eine gemütliche Parkbank auf mich wartete.
Doch als ich um die Ecke bog, blieb ich wie angewurzelt stehen und ließ vor Schreck mein Mittagessen fallen.
Auf der Parkbank saß eine blonde Frau, der frisches Blut den Hals herunterlief.

Ich rannte so schnell wie möglich zu ihr, um ihren Puls zu fühlen und die Blutung zu stillen. Er schlug unregelmäßig.

„Scheiße!", schrie ich aus lauter Verzweiflung und schaute mich um, ob mir jemand helfen konnte.

Tatsächlich sah ich jemanden nicht weit von mir entfernt. Ich konnte von meinem Standort aus nur seine dunklen kurzen Haare erkennen. Er starrte in unsere Richtung, machte jedoch keine Anstalten zu mir zu kommen, auch wenn ich mit nervös wedelnden Armen auf uns aufmerksam machte.

Ich holte tief Luft, um ihn zu mir zu rufen. Nachdem ich einmal kurz blinzelte, war der Mann verschwunden. Verwirrt schaute ich immer wieder auf die Stelle, an der der Mann zuvor gestanden hatte. Weit weg konnte er nicht sein, ich rannte in seine Richtung. Er war nirgends zu sehen. Das konnte nicht wahr sein! Erst starrte er noch zu der Verletzten und mir herüber, dann verschwand er, ohne daran zu denken, dass wir Hilfe benötigen könnten.

Auf dem Rückweg zu der jungen Frau rief ich mit meinem Handy im Krankenhaus an, damit sie so schnell wie möglich medizinisch versorgt werden konnte. Der Gedanke, dass dieses mörderische Tier hier ganz in meiner Nähe sein Unwesen getrieben hatte, war furchterregend.

Schon nach kurzer Zeit versammelten sich zahlreiche Passanten um die Parkbank herum, der ich mich von hinten näherte.

Ein Team aus zwei Assistenten und zwei Ärzten mitsamt eines Notfallrucksacks kam dazu und blickte mich fragend an.

„Wo ist die verletzte Patientin?", fragte der Arzt sichtlich genervt, „wir haben keine Zeit für solche Späße, Ms. Brennan."

Wütend deutete ich auf die Parkbank, auf der zuvor die verletze Frau gesessen hatte.

Das konnte nicht wahr sein. Mein Herz raste und schlug arrhythmisch vor sich hin, während sich meine Gedanken überschlugen. Ich drehte mich dreimal um meine eigene Achse, um nach der Frau zu suchen. Sie konnte in ihrem Zustand unmöglich aufgestanden sein.

Ich lehnte mich gegen den nächstgelegenen Baum und hyperventilierte. Ich habe mir das nicht eingebildet. Ich bin nicht verrückt. Ich habe das nicht erfunden. Die Frau war hier und sie war verletzt.

Dieses Mantra spulte ich in meinen Gedanken immer wieder ab, bis ich glaubte, den Verstand zu verlieren.

Da war wieder der metallische Geruch des Blutes, den ich wahrgenommen hatte. Der Geruch von Blut hat mir nie viel ausgemacht, doch die Ereignisse der beiden Tage brachten mich um den Verstand.

Der Geruch in meiner Nase brachte einen ungeahnten Ekel in mir hoch und ich krümmte mich neben dem Baum und erbrach. Gleichzeitig hustete und würgte ich. Um keine Panikattacke zu erleiden, rang ich nach Luft. Ich schreckte zusammen, als mir ein Finger auf die Schulter tippte.

„Entschuldigung, ich wollte Sie nicht erschrecken", meldete sich Dr. Mantus bei mir. Er war einer der beiden Ärzte, der eben in den Wald gekommen war.

„Sie können gerne die nächsten Tage zu Hause bleiben. Es ist genug Personal eingeteilt und die Akten können auch noch nächste Woche bearbeitet werden", sagte er, als könnte er etwas dafür, dass der Grat zwischen Realität und Wahnsinn bei mir im Moment ziemlich schmal war.

Zu schmal.

Noch nie hatte ich Dr. Mantus so mitfühlend erlebt. Er reichte mir ein paar feuchte Tücher, mit denen ich mein gesamtes Gesicht abwischte. Das kühle Tuch fühlte sich angenehm auf meiner erhitzten Haut an.

Ich nahm sein seltenes Angebot an und versuchte mich, so unbemerkt wie möglich, auf den Nachhauseweg zu machen.

Ein paar Tage Urlaub ohne verunstaltete Verletzte hörte sich gut an.

Außerdem wollte Jenna heute Abend mit mir auf einen Maskenball gehen, damit ich den Rest meiner Wettschulden einlösen konnte.

So richtig überzeugt war ich von dem kommenden Abend noch nicht.

Auf dem Heimweg würde ich mir dafür eine geeignete Maske kaufen müssen. Naja, sie sollte wenigstens den größten Teil meiner entglittenen Gesichtszüge verdecken, falls sie sich heute Abend noch einmal auf meinem Gesicht zeigten.

Zu Hause angekommen, verstaute ich meinen Rucksack im nächsten Schrank, da ich ihn für die freien Tage nicht benötigte.

Ich hatte nicht mehr viel Zeit, um mich zurecht zu machen, bevor Jenna da sein würde, denn der Feierabendverkehr hatte mir einen Strich durch die Rechnung gemacht.

Im Badezimmer tränkte ich mein Gesicht in kaltes Wasser und betrachtete es im Spiegel.

Ich wühlte mindestens eine viertel Stunde in meinen Badezimmerschubladen nach der einzigen Liedschattenpalette, die ich besaß. Diese hatte ich vor Jahren von meinen Eltern zu meinem 18. Geburtstag geschenkt bekommen.

Schlussendlich fand ich sie verstaubt in der letzten Schublade, die ich durchsuchte.

Wie ich es noch in Erinnerung hatte, beinhaltete sie genau den gleichen Farbton wie mein blaues Abendkleid. Außerdem waren noch einige helle Töne vorhanden, mit denen ich mir semiprofessionell ein geeignetes Abend-Make-up zaubern konnte. Jenna hatte ausdrücklich in ihrer letzten SMS betont, dass ich ihr ein sexy Gesamtpaket liefern sollte, sonst müssten wir eine weitere Veranstaltung aufsuchen, um meine Wettschulden ordentlich zu begleichen. Mit einem schwarzen Kajalstrich und Wimperntusche sah es im Nachhinein noch beeindruckender aus und ich war begeistert, da ich nicht oft mit Stift und Pinsel in meinem Gesicht hantierte.

Ich befreite das blaue Cocktailkleid, dass immer noch brav an meinem Kleiderschrank hing. Es schmiegte sich wie angegossen an meinen Körper und meine schwarzen Stiefeletten hatte ich extra für diesen Abend entstaubt.

Die zuvor gekaufte Maske perfektionierte das gesamte Outfit: Sie war mittig im selben Farbton wie das Kleid, jedoch verlief die Farbe bis zum Rand in ein dunkles Schwarz. An den Rändern waren kleine, schwarze Glitzersteinchen angebracht, die je nach Beleuchtung wunderschön funkelten.

Jenna war wie immer überpünktlich. Diesmal nahmen wir uns ein Taxi, damit wir später beide mit einem alkoholischen Getränk anstoßen konnten. Das konnte ich nach den letzten Tagen gut gebrauchen.

Die Veranstaltung fand nicht weit von meinem Zuhause in einer großen Halle statt, die hier im Viertel meist zum Ausführen größerer Geselligkeiten genutzt wurde.

Am heutigen Abend sollten gut situierte Geschäftsleute aus Portland für ihre Spenden für wohltätige Zwecke geehrt werden. Ein Teil dieser Spenden floss in verschiedene Krankenhausprojekte. Durch diese Verbindung hatte Jenna für uns beide jeweils ein VIP-Ticket ergattert, mit dem wir nicht an der endlosen Schlange anstehen mussten.

Schon am Eingang musste ich über die noble Einrichtung staunen. Ein Büffet zog sich durch den gesamten

Raum und grenzte den Tanzbereich ein, auf dem mehrere Pärchen ausgelassen ihre Runden drehten. An der Bar standen zehn reizend aussehende Barkeeper, um dem Menschenandrang gerecht zu werden. Auf der Bühne im hinteren Bereich liefen die Vorbereitungen auf Hochtouren.

Wir beschlossen, uns eine Kleinigkeit zu Essen und ein Getränk an der Bar zu holen, damit sich all meine stressverspannten Muskeln – sowie mein Gemüt – lockern konnten. Da ich mein Mittagessen durch den Vorfall im Wald nicht genießen konnte, freute sich mein knurrender Magen umso mehr auf die kleinen Canapés, die mir einer der netten Männer an der Bar überreichte.

Nachdem wir mit unserem Gin Tonic angestoßen hatten, beobachteten wir gelassen von der Bar aus die anderen Gäste. Erst jetzt bemerkte ich, dass ich keinen der Gäste außerhalb der Veranstaltung wiedererkennen würde: Ein großer Teil von ihnen trug eine Maske, die mehr als die Hälfte des Gesichts verdeckte. Und Menschen nur durch ihre Augen zu erkennen, war für mich schier unmöglich.

„Lass uns tanzen gehen!", versuchte Jenna mir nach einer Stunde mit ihrer Gestik anzudeuten, da die Musik immer lauter wurde. Der offizielle Teil des Balls war vorüber, somit entspannte sich das Klima in dem großen Ballsaal und die Menschen begannen immer ausgelassener zu feiern. Ich willigte mit einem Nicken ein.

Jenna zog mich hastig Richtung Tanzfläche, während der DJ ein ruhigeres Lied auflegte. Das war genau das Richtige für uns zwei, dachte ich und lächelte.

Reiche Schnösel tanzten mit Damen, die um ein Vielfaches jünger waren als sie. Wir amüsierten uns, indem wir uns gegenseitig Pirouetten drehen ließen. Nach dem dritten Gin Tonic lachten wir lauthals über die abstrakten Bewegungen, die wir immer noch als „Tanzen" bezeichneten.

Verschwitzt ließen wir uns nach den ausgelassenen Auftritten auf Barhockern nieder. Wie selbstverständlich brachte uns einer der hübschen Barkeeper noch zwei Gin-Tonic.

Nicht nur Jenna und ich waren ganz außer Atem. Der Schweiß der tanzenden Menschen lag in der Luft und ließ sie immer drückender werden.

Jenna deutete an der großen Menschenmenge vorbei auf eine Tür, die zur Toilette führen sollte. Kurzerhand sprang sie vom Barhocker auf und drängelte sich durch die tanzende Meute hindurch. Ich musste kichern, da sie auf dem Weg zur Toilette stark schwankte und einige Leute sie anmaßend anstarrten.

Daraufhin schaute ich weiter durch die Menge, um die Zeit allein zu überbrücken. Fast allen Besuchern war ein Lächeln ins Gesicht geschrieben und sie feierten ausgiebig. Ausnahmsweise musste ich zugeben, dass mir der Abend Vergnügen bereitete.

Innerhalb weniger Sekunden wechselte die Musik erneut von schnellen beliebten Rhythmen in eine langsame gemütliche Melodie. Die Paare fanden sich schnell in umarmenden Tanzstellungen wieder. Das Licht, das zuvor flackerte, wurde in einen sanften Bernsteinton umgestellt und gleichzeitig gedimmt. Wenn Jenna wiederkommen würde, könnten wir gemeinsam einen grandiosen Auftritt hinlegen, überlegte ich.

Nachdem ich mehrere Blicke auf die Uhr geworfen hatte und Jenna immer noch nicht zurückgekehrt war, beschloss ich nachzuschauen. Sie hatte schon einiges getrunken und dass sie schon so lange weg war, löste ein beunruhigendes Gefühl in mir aus.

Schwungvoll erhob ich mich vom Barhocker und bahnte mir den Weg zur Toilette. Auch ich bemerkte, wie der Alkohol langsam in meine Beine sackte und sie schwerer wurden. Ein Kribbeln schlich sich durch sie hindurch, wodurch sie wackelig wurden. Ich schaute beim Laufen auf meine schönen Stiefeletten, um anständig einen Fuß vor den anderen zu setzen.

Als ich aufschaute, blieb ich abrupt stehen. Ein großer Mann stand mir im Weg. Gut, dass ich nach oben geschaut hatte. Sonst wäre ich, tollpatschig wie immer, direkt in ihn hineingerannt.

„Entschuldigung", sagte ich unangenehm berührt und wollte meinen Weg zu Jenna fortsetzen.

„Wenn Sie mir schon so nahetreten, schenken Sie mir bestimmt auch einen Tanz", erwiderte der junge Mann, während sein Grinsen immer schelmischer wurde.

Seinen grünen strahlenden Augen, die mich eindringlich anschauten, konnte ich nicht widerstehen. Jenna wird es schon gut gehen, versuchte ich mir einzureden. Ohne auf eine Antwort meinerseits zu warten, streckte er mir seine Hand entgegen, um mich zum Tanz aufzufordern. Vorsichtig legte ich meine Hand in seine. Langsam, dem Takt entsprechend, zog er mich an seinen Körper und drehte mich einmal um meine eigene Achse. Ich legte meinen Arm um seine Hüfte, was mir etwas mehr Sicherheit gab. Insgeheim hoffte ich, dass er Jenna und mich nicht bei unseren abstrakten Körperbewegungen beobachtet hatte. Ich wollte ihm beweisen, dass nicht nur er tanzen konnte.

Gekonnt drehte ich mich erst aus seinen Armen heraus und im nächsten Takt wieder hinein. Die Drehung endete enganliegend an seiner Brust. Vermutlich bildete ich es mir nur ein, aber ich glaubte, seinen Herzschlag zu spüren, während unsere Körper sich berührten.

Mit der nächsten Bewegung wehte mir eine Mischung aus seinem Körpergeruch und seinem Parfum in die Nase. Es wirkte sofort hypnotisierend auf mich. Der Duft nach Moschus hüllte mich ein und versetzte mich gedanklich auf eine mystische Waldlichtung. Auch wenn der Wald heute Morgen keinen friedlichen Schauplatz dargestellt hatte, strahlte der Duft bei ihm etwas ganz anderes aus. Er beruhigte mich und zeigte mir die guten Seiten, die ich für den heutigen Tag verdrängt hatte. Er war wie der Beginn meines Traumes über Irland. Mystisch, beruhigend, friedlich und anziehend, sodass ich alles stehen und liegen lassen würde, um sofort dorthin zu fliehen.

Während wir geübt immer weiter unsere Runden über die Tanzfläche drehten, verlor ich das Zeitgefühl. Ich hätte nicht mehr sagen können, ob wir unsere Körper zu einem oder zu zehn Liedern gemeinsam bewegten.

Wir blieben nun schon seit längerem bei derselben Schrittfolge hängen, was mich den Mann etwas genauer betrachten ließ: Er war fast einen Kopf größer als ich. Seine blonden Haare, die im Nacken zusammengebunden waren, mussten fast die gleiche Länge wie meine haben, schätzte ich. Durch die Maske, die sein gesamtes Gesicht bedeckte, wirkte er geheimnisvoll.

„Ich glaube deine Freundin vermisst dich", unterbrach er meine Gedanken mit seiner gefühlvollen Stimme.

Ich schaute zu meinem vorherigen Platz herüber, an dem Jenna wieder saß. Sie schaute gelangweilt und genervt auf ihren halbleeren Drink.

Mist, dachte ich. Er hatte uns zuvor zusammen gesehen. Woher sollte er sonst wissen, dass es sich bei Jenna um meine Freundin handelte.

„Ich sollte zu ihr gehen", entschuldigte ich mich. Meiner Meinung nach hätten wir die ganze Nacht weitere Runden über die Tanzfläche drehen können.

„Natürlich. Es war mir ein Vergnügen", drückte er sich vornehm aus und ließ von mir ab.

Ohne mich zu verabschieden, ging ich zu Jenna zurück. Je weiter ich mich von meinem Tanzpartner entfernte, umso weiter entfernte sich mein soeben erlangter Gefühlsaufschwung. Mein Glücksgefühl begann in kleinen Schritten zu schwinden. Als ich bei Jenna ankam, war ich nicht mehr in Hochstimmung. Ihre hingegen wurde sofort besser, als ich ihr gegenüberstand. In ihrem Gesicht sah ich, dass sie ihre Kommentare kaum noch zurückhalten konnte.

„Da lasse ich dich für einen Moment allein und du schleppst sofort den nächstbesten oder besser gesagt, heißesten Typen ab?", entgegnete sie mir mit einem höhnischen Grinsen.

„Ich habe ihn nicht ..."

„Pssst! Sag mir einfach nur, ob er gut küssen konnte oder ob man ein Sixpack durch den Anzug spüren konnte?", sprudelte es aus Jenna heraus.

Ich schüttelte lachend den Kopf.

„Es ist nichts passiert, Jenna", versuchte ich ihr zu erklären.

In diesem Moment wurde mir klar, dass nichts passiert war. Rein gar nichts. Ich hatte ihn nicht einmal nach seinem Namen gefragt. Ein Funken von Enttäuschung machte sich in mir breit, auch wenn es sich in erster Linie nur um einen Tanz gehandelt hatte. Er hatte etwas Anziehendes, was mich noch leicht benommen dastehen ließ. Jenna holte mich mit einem Schnipsen vor meinem Gesicht aus meinen Gedanken.

„Was?", fragte ich und grinste sie entschuldigend an. Sie schüttelte nur den Kopf, klopfte ein paar Mal mit ihren langen Fingernägeln auf die Scheibe ihrer Armbanduhr und zog mich anschließend durch die Menschenmenge zum Ausgang.

Nachdem wir unsere Jacken aus der Garderobe geholt hatten, machten wir uns auf den Heimweg. Zusammen liefen wir die Straße herunter, da uns ein zweites Taxi zu teuer war.

Der Himmel war klar und die Sterne erhellten das tiefe Schwarz der Nacht. Die schwache Brise, die zärtlich mein Gesicht ummantelte, füllte meine Lunge mit ihrer Kraft. Je mehr mir der abendliche Windhauch den hypnotisierenden Duft aus der Nase wehte, umso leichter fiel es mir, meine Gedanken zu ordnen.

Zuhause angekommen, hing ich meine Jacke auf und schnappte mir eine Flasche Wasser, um meinen brummenden Schädel zu besänftigen. Ich nahm mehrere große Schlucke und anschließend streifte ich mir das edle Kleid von meinem Körper.

Nur im schwarzen Spitzentanga legte ich mich in mein weiches Bett. Der Alkohol, den ich im Liegen noch mehr spürte, führte zu einer leichten Benommenheit, was mir half, nicht mehr über den Tag nachzudenken. Ich schloss meine Augen und sank langsam in den Schlaf.

Kapitel 4: Mila

Stechende Kopfschmerzen ließen mich am nächsten Morgen erwachen. Widerwillig öffnete ich meine Augen, auf die das Licht durch das Fenster strahlte. Blöderweise hatte ich vergessen, den Vorhang zuzuziehen.

Nachdem ich mich mehrere Male erfolglos in meinem Bett herumgewälzt hatte und nicht mehr einschlafen konnte, beschloss ich aufzustehen und zuallererst einen Kaffee zu trinken.

Im Badezimmer machte ich mich schnell frisch, ohne großen Wert auf mein Äußeres zu legen. Es kannten mich sowieso alle Angestellten im Café gegenüber als miesgelaunter, zerzauster Morgenmuffel. Dieser Eindruck würde sich nicht mehr ändern lassen, dachte ich mir.

Dort angekommen, setzte ich mich auf meinen Stammplatz, an der großen Fensterfront, die zur Straße zeigte. Von hier aus konnte ich die Menschen beobachten, die morgens genauso gestresst und miesgelaunt waren wie ich. Die Zeit für einen Kaffee nahm ich mir immer, egal wie ich mich beeilen musste.

Drake, der seitdem ich den Laden zum ersten Mal betreten hatte in dem Café als Kellner arbeitete, brachte mir meinen Kaffee und die Tageszeitung. Mit einem breiten, aber aufgesetzten Lächeln bedankte ich mich bei ihm.

Der Duft gerösteter Kaffeebohnen stieg mir in die Nase. Er löste sofort Glückshormone in mir aus. Mein Grad an Müdigkeit wurde dabei schlagartig geringer wie jeden Morgen, an dem sich mir ein starker Kaffee näherte.

Gemütlich lehnte ich meine erschöpften Knochen auf der Sitzbank zurück und schlug die Zeitung vor mir auf.

Ich erschrak, da mir ein bekanntes Gesicht auf der ersten Seite entgegen strahlte: Es war das Gesicht der Frau, die aufgrund des Tierangriffes in der Notaufnahme eingeliefert wurde.

Ich überflog die ersten Zeilen des halbseitigen Berichts in Windeseile. Er handelte von weiteren Fällen, die genau den gleichen Verlauf genommen hatten: Frauen verschiedener Altersgruppen, eine große blutende Wunde, die vermutlich durch einen Tierbiss entstanden sei. Nur eins von fünf Opfern hatte den Angriff überlebt. Sofort tauchten die Bilder der ungeklärten Fälle vor mir auf. Sie hatten es bis in die Zeitung geschafft. Immer und immer wieder überflog ich die Zeilen in der Tageszeitung.

Wie viele würden noch folgen? Wieso waren keine Spuren an den Tatorten zu finden, die auf das Tier hinweisen könnten? Waren die Möglichkeiten noch so beschränkt heutzutage?

Ich spürte die tiefbohrenden Blicke der Menschen am Nachbartisch, die tuschelnd in meine Richtung schauten. Als ich meinen Kopf in ihre Richtung neigte, liefen ihre Wangen rot an. Sie vertieften sich schnell wieder in ihre Gespräche – oder zumindest taten sie so. Vielleicht hatte ich mich zu energisch über den Zeitungsartikel gebeugt. Langsam ließ ich das bedruckte Papier auf den Tisch sinken und klammerte eine Hand um den noch warmen Kaffee.

Mit einem Blick auf die Uhr stellte ich meine Gedanken hinten an. In einer halben Stunde wollte ich in der Bibliothek angekommen sein, was ich mir abschminken konnte.

„Zahlen bitte!", rief ich Drake mit erhobener Hand zu.

Meine Jacke, die zerknittert neben mir lag, hatte ich seit dem gestrigen Abend nicht mehr angerührt. Ein leichter Alkoholgeruch ging von ihr aus und verdrängte kurzzeitig den angenehmen Kaffeeduft.

Ich steckte meine Hand in eine der Seitentaschen, da ich mir sicher war, dass neben einigen Kassenzetteln darin noch genug Kleingeld zu finden war.

Ich holte eine Hand voll Kassenbelege sowie Münzen aus der Tasche und pickte den passenden Betrag mit zusätzlichem Trinkgeld heraus. Drake bedankte sich und ich ordnete die Belege, um sie ordentlich in meiner Tasche verschwinden zu lassen.

Dabei fiel mir ein Stück Papier auf, das nicht weiß, sondern rosafarben war.

Verwundert klappte ich den Zettel auf und las das Geschriebene:

„Vielleicht schenkst du mir nicht nur einen Tanz, sondern auch einen ganzen Abend. Donnerstagabend im Dolcé ist um 19:30 Uhr ein Tisch reserviert. Ich hoffe auf dein Erscheinen. L."

Fassungslos starrte ich den Zettel an. Auch, nachdem ich ihn viele Male durch meine Hände gleiten ließ, Vorder- und Rückseite genau betrachtete, befanden sich

44

darauf immer noch dieselben Worte. Ich sah die Worte nicht nur vor mir, sondern sie erklangen mit der Stimme des mysteriösen Mannes vom gestrigen Abend in meinem Kopf. Kein anderer konnte diese Nachricht verfasst haben. Wie zur Hölle kam dieser Zettel in meine Jackentasche? Natürlich hatte ich sie nicht den ganzen Abend im Auge behalten, aber es handelte sich immer noch um eine von hunderten Jacken. Auch wurde bei der Abgabe an der Garderobe nicht der Name erfasst. Das war alles seltsam. Egal wie ich die Gedanken in meinem Kopf umherwarf, ich kam zu keiner plausiblen Erklärung.

Ich verließ das Café und nahm die nächste Bahn, um heute noch in der Bibliothek anzukommen, auch wenn ich meinen freien Tag nicht mehr entspannt genießen konnte.

Durch die leicht verschmutzen Scheiben der Bahn schaute ich in den purpurnen Himmel. Mehrmals rieb ich mir meine Augen, um zu schauen, ob ich nicht verrückt geworden war oder mir das Ganze nur einbildete. Vielleicht würde ich in den nächsten Sekunden aufwachen und mir überlegen, was ich nur wieder für einen Mist geträumt hatte.

Doch nichts passierte. An mir zogen überwiegend schäbige, aber auch ein paar protzige Häuser vorbei, deren Anstrich wie üblich in der Stadt in verschiedenen Grautönen gehalten wurde. Es begann zu nieseln und vereinzelt perlten kleine Wassertropfen die Scheibe von außen herunter, die den Schmutz mit sich zogen. Die trockene Jahreszeit hielt sich in Portland kurz. Ich war den Regen gewohnt, doch mir entfuhr bei jedem kleinen Schauer aufs Neue ein Seufzen.

Die monotonen Durchsagen der Bahnmitarbeiter ertönten vor dem Erreichen jeder Station. Tief in mir hatte ich die Entscheidung getroffen, zu dem Treffen zu gehen, doch wie sollte ich dem geheimnisvollen Verfasser ohne weitere Informationen eine Zusage zukommen lassen? Auf dem Papier war keine Adresse, Handynummer oder E-Mail-Adresse hinterlassen.

Ich zückte mein Handy und wählte Jennas Kontakt an – ließ es aber im nächsten Moment wieder sinken. Ich beschloss ihr vorerst doch nichts von dem rosafarbenen Zettel zu erzählen, sie würde tausend Fragen stellen, die ich nicht beantworten konnte.

Natürlich versuchte ich, meine Gedanken auf etwas anderes zu lenken. Wie erwartet, funktionierte es nicht. Immer wieder kam mir die mysteriös maskierte Erscheinung des Mannes in den Sinn, wie unser Treffen verlaufen könnte und wie der rosafarbene Zettel in meiner Jacke gelandet war.

Ich musste stets daran denken, ob in der Bibliothek oder zu Hause. Ich überlegte, welches Outfit ich tragen sollte und entschied mich für eine schwarze Jeans mit einer weißen Bluse, die ich noch von einem Vorstellungsgespräch im Schrank hängen hatte. Bis auf das eine Mal hatte ich sie nie mehr getragen. Zu den Jeans zog ich meine schwarzen Herbst-Stiefeletten an. Es war eines der wenigen Paar Schuhe mit höheren Absätzen. Für meine Verhältnisse war mein Outfit schick genug, auch wenn Jenna mich so nie zu einem Date gehen lassen würde.

Schließlich war es soweit. Es war Donnerstagabend und ich wartete verfrüht vor dem Restaurant.

Kapitel 5: Luke

Mit meiner schwarzen Limousine fuhr ich auf den Parkplatz des Restaurants. Ich wartete kurz und atmete tief durch. Bevor ich ausstieg, richtete ich mit zitternden Händen mein Jackett. Vielleicht hatte sie meine Nachricht nicht gelesen? Vielleicht konnte oder wollte sie sich nicht mehr an mich erinnern, geschweige denn, sich mit mir treffen.

Am Eingang des Restaurants wartete ich und blickte mehrmals hin und her, in der Hoffnung Mila zu entdecken. Ihren Namen habe ich erfahren, da ihre laute, betrunkene Freundin ihn durch den ganzen Ballsaal gerufen hatte. Bei dem Gedanken an sie musste ich grinsen, sie war mir suspekt.

Nachdem ich mich noch mal umgeschaut hatte, kam ein Mitarbeiter des Restaurants auf mich zu.

„Ihre Begleitung ist bereits eingetroffen. Ich habe mir erlaubt, sie zu ihrem Tisch zu führen", sagte der junge Mann etwas ehrfürchtig, wobei man bemerkte, dass er Angst hatte, etwas Falsches getan zu haben.

Wenn ich es beabsichtigte, besaß ich oftmals eine einschüchternde Wirkung auf andere. Als ich begann meine Mundwinkel zu heben, entspannte sich der Mitarbeiter sichtlich. Mit einem freundlichen Nicken bedankte ich mich und ging auf den reservierten Tisch zu.

Dort saß Mila. Mein Puls hatte sich mittlerweile beruhigt, auch wenn mir die Situation fremd erschien.

Sie schien mich noch nicht bemerkt zu haben, was mir noch einige Sekunden gab, um sie genauer anzuschauen: Ihr orangefarbenen Locken fielen über ihre Schultern und zogen die meiste Aufmerksamkeit auf sich. Einzelne Strähnen strahlten durch das gedimmte Licht des Restaurants, was Milas Gesamterscheinung noch mehr zum Leuchten brachten. Da sie bereits saß, konnte ich nur ihren Oberkörper betrachten, der von einer weißen Bluse umhüllt war.

Sie schwenkte ein Glas Wasser in ihrer Hand. Ihr Blick drückte Besorgnis und Aufregung aus. Ihre Anspannung war von Weitem zu spüren.

Plötzlich hob sie ihren Kopf und ich schaute in ihre tiefblauen Augen. Ich erstarrte bei ihrem Anblick. Sie hob ihre Mundwinkel und lächelte mich an.

„Hallo, schön, dass du gekommen bist", sagte ich mit einem dezenten Lächeln im Gesicht.

„Danke für die Einladung … das hätte ich nicht erwartet", flüsterte Mila und wendete ihr Gesicht von mir ab. Vermutlich sollte ich ihren Zweifel nicht hören.

Ich setzte mich auf den Platz ihr gegenüber. Der Kellner hatte nur noch darauf gewartet und stand prompt mit zwei Speisekarten vor uns.

„Darf ich Ihnen schon etwas zu trinken anbieten?", fragte der Kellner.

„Gerne, wir nehmen einen Château La Lagune."

Auch wenn Mila gerade etwas erwidern wollte, bedankte ich mich bei dem Kellner und dieser schwirrte davon.

„Möchtest du jetzt schon prahlen?", fragte mich Mila mit einem schelmischen Grinsen.

„Nein, aber erstens trinke ich gerne einen guten Wein und zweitens wirst du hier keine billigeren finden", konterte ich ebenfalls mit einem Grinsen.

Gerade, als ich unser Gespräch fortsetzen wollte, platzte es aus Mila heraus: „Wie hast du mir den Zettel zugesteckt? Bei den vielen Jacken war das so gut wie unmöglich, dass du meine finden konntest. Du kennst nicht einmal meinen Namen und ..."

„Jeder hat ein Geheimnis und dieses bleibt meines. Luke Thompson ist übrigens mein Name."

„Ich heiße ..."

„Mila", unterbrach ich sie sofort und schaute ihr dabei tief und erfreut in die Augen. Mila überlegte und versuchte, sich ihre Fassungslosigkeit nicht anmerken zu lassen. Die Gefühle anderer zu deuten, war eine meiner Stärken.

„Deine Freundin konnte man am Ballabend nicht überhören", erlöste ich Mila zumindest von einem Rätsel, während ich mein Glas Wein in meiner rechten Hand kreisen ließ.

Diesmal war ich mir nicht sicher, ob ihr Blick Wut oder Peinlichkeit ausdrückte. Dieser Punkt ging an mich, was mich innerlich schmunzeln ließ.

„Irgendwann wirst du es mir schon noch verraten", flüsterte Mila kaum hörbar. Ihr Mund verzog sich neckisch, was mir gefiel. Ich konnte kaum meinen Blick von ihren zarten, sanften Lippen wenden, auf denen sie einen roséfarbenen Lippenstift aufgetragen hatte.

„Warum wolltest du mich wiedersehen?", fragte Mila mich neugierig.

Ich konnte ihr diese Frage nicht beantworten. Ich wusste nicht warum.

„Als ich dich auf dem Ball getroffen habe, wusste ich einfach, dass ich dich noch einmal sehen muss. Es war einfach ein Gefühl." Es entstand ein Gefühl der Wärme in mir, was ich seit vielen Jahren nicht mehr gespürt hatte, aber das erwähnte ich ihr gegenüber vorerst nicht.

„Ah, so ein Gefühl", äffte sie mich nach, als wäre ich der hoffnungslos Verliebte von Nebenan.

Der Kellner unterbrach uns kurz, um uns unsere Gerichte zu servieren. Während wir unser Essen genossen, schwiegen wir. Das Essen schien Mila vorzüglich zu schmecken. Hin und wieder schenkte sie mir einen flüchtigen Blick. Genau wie ich sie, musterte sie mich von oben bis unten.

Wir genossen den Wein und unterhielten uns den ganzen Abend. Er machte es für Mila anscheinend leichter, aus sich herauszukommen. Ich bemerkte, wie sich die Muskeln im Bereich ihrer Schultern entspannten. Ihre Pupillen verkleinerten sich und jeder Satz, der aus ihrem Munde kam, wurde verwaschener.

Nach ein paar Stunden kannte ich einige Geschichten über Milas Familie, dass sie für ihren Job hier nach Portland gezogen war und dass sie als Krankenschwester im Krankenhaus arbeitete.

„Jetzt erzähl mir auch mal etwas über dich. Biiiitte."

„Vielleicht sollten wir uns auf den Nachhauseweg machen, ich glaube wir hatten beide genug Wein", versuchte ich netterweise zu erwähnen, auch wenn ich vom Alkohol nichts spürte, da ich nur ein einziges Glas getrunken hatte. Schließlich musste ich meinen Wagen noch nach Hause bewegen.

Auch wenn mir ihre angeheiterte Art gefiel, wollte ich nicht, dass es überhand mit ihr nahm. Vor allem wollte ich nicht, dass sie etwas tat, was sie bei klarem Sinne nie getan hätte.

Jedoch wollte ich auch etwas von mir ablenken. Über mich gab es nichts Wissenswertes zu sagen, zumindest vorerst nicht.

Ich zückte mein Portemonnaie und bezahlte unsere Rechnung. Wenn man mir schon zu meiner mysteriösen Einladung folgte, wollte ich selbstverständlich dafür aufkommen.

Ein nettes „Dankschön" gab sie mit ihrer beschwipsten Stimme von sich.

Als Mila in ihrer Handtasche nach etwas suchte, nutzte ich die Gelegenheit, um hinter sie zu huschen und ihren Mantel für sie bereit zu halten.

Der Versuch, die Geste elegant anzunehmen, scheiterte kläglich. Schon beim Aufstehen stolperte Mila mit ihren hohen Stiefeletten mitten in den Raum. Schnell packte ich sie mitsamt dem Mantel an ihren Oberarmen und verhinderte somit das Schlimmste.

Dabei zog ich sie beschützend in meine Arme. Ich spürte ihren Puls stark und schnell schlagen. Wir verharrten für einige Sekunden in dieser Position, ohne ein einziges Wort zu verlieren. Ich war kurz davor, meine Lippen über ihren Hals streifen zu lassen. Die Versuchung war so groß wie nie zuvor. Doch im letzten Moment konnte ich mich meinem starken Verlangen entreißen und zog ihr den Mantel weiter über. Ich schluckte merklich, um meine Anspannung zu unterdrücken. Mila schien es nicht bemerkt zu haben. Ihre Wangen röteten sich aufgrund des beschwipsten Stolperns. Die leichte Färbung stand ihrem Gesicht ausgezeichnet, auch wenn es ihr nicht auffallen würde.

„Tut mir leid. Ich trage nicht so oft hohe Schuhe", erklärte sie peinlich berührt, während wir zum Ausgang liefen.

Zusammen verließen wir das Restaurant in Richtung Parkplatz. „Ich fahre dich nach Hause", sagte ich zu Mila, während ich durch die Entriegelung meinen Wagen aufleuchten ließ. Bevor Mila etwas erwidern konnte, hielt ich ihr die Beifahrertür auf und schaute sie erwartungsvoll an.

„In Ordnung, wenn du darauf bestehst", erwiderte sie und stieg, diesmal ohne zu stolpern, bei mir in den Wagen ein.

Bis auf die Wegbeschreibung zu Milas Wohnung, sprachen wir die ersten zehn Minuten nicht miteinander.

„Es war ein schöner Abend", flüsterte Mila.

Immer noch schwang der Alkohol mit in ihrer Stimme.

„Danke, dass du meiner Einladung gefolgt bist", erwiderte ich und versuchte Mila mein Gefallen an dem Abend zu zeigen. Erneut röteten sich ihre Wangen leicht, auch wenn es in dem Licht der vorbeiziehenden Straßenlampen kaum erkennbar war. Immer wieder schaute ich auf der Fahrt zu ihr herüber, bis ich bemerkte, dass sie eingeschlafen war. Mila atmete sanft. Passend zur ruhigen Nacht zeigte sich der klare Sternenhimmel, der ebenfalls eine innere Ruhe in mir erzeugte.

Ich hielt vor Milas Haustür und schnallte mich ab, damit ich mich zu ihr umdrehen konnte. Das Licht des Mondes strahlte ihre bleiche Haut an, was ihr etwas Mystisches verlieh.

Vorsichtig streichelte ich ihre Wange. In diesem Moment öffnete sie die Augen und schaute verschlafen auf meinen Arm herunter.

„Wir sind da", flüsterte ich. Mila erwiderte nichts. Stattdessen hob sie langsam ihren Arm und legte ihre Hand über meine. Feinfühlig ließ sie ihre Finger dabei über meinen Handrücken gleiten. Ihre Mundwinkel verzogen sich zu einem verschlafenen Lächeln.

Auch wenn es sich mehr als angenehm anfühlte, zog ich meine Hand behutsam zurück und stieg aus.

Ich öffnete Mila die Autotür und zusammen liefen wir die wenigen Meter zum Eingang des Hauses.

„Dann wünsche ich dir eine gute Nacht", sagte ich und nahm ihre beiden Hände in meine. Ich sollte, jedoch konnte ich nicht von ihr ablassen. Eindeutig fühlte ich mich zu ihr hingezogen.

„Das wünsche ich dir auch. Ich habe noch etwas für dich", flüsterte sie geheimnisvoll und steckte ihre Hand suchend in ihre Handtasche.

Ich schaute sie verwirrt und fragend an. Mila zog sie samt Inhalt hinaus: Es war ein kleiner zusammengefalteter Zettel, den sie mir in die Tasche meines Jacketts steckte.

„Ich kenne zwar dein Geheimnis nicht, aber ich brauche dafür keines", schmunzelte Mila. Ich musste lachen.

Zum Abschied umarmte ich sie. Wir lagen uns länger in den Armen als zuvor geplant. Es war ein einziger Atemzug zu viel, den ich von Milas verlockendem Duft in mir aufnahm. Dieser Atemzug brachte den Schalter der Vernunft mit einem imaginären Klicken zum Kippen – und damit war es um meinen Verstand geschehen: Als Mila sich aus der Umarmung lösen wollte, packte mich mein Verlangen und ich drückte meine Lippen auf ihre. Auch wenn ich es verhindern wollte, dass es so weit kam, ließ ich meine Begierde zu. Ich konnte ihr nicht widerstehen.

Während Mila mein Gesicht in ihren Händen hielt, packte ich sie an der Hüfte und presste sie an mich. Wir küssten uns immer inniger und wilder. Unsere Zungen umschlungen sich, während ich sie gegen die alte Haustüre drückte. Dabei stöhnte sie leise, was mir noch mehr Lust bereitete. Ich löste meinen Mund von ihr, um sie entlang ihres warmen Halses zu küssen. Mila stöhnte immer heftiger, was meine Küsse nur noch intensiver werden ließ. Ich hatte so ein Verlangen nach ihr, sodass ich immer ungezügelter wurde. Nicht nur meine Lippen berührten ihren Hals, sondern langsam streifte ich mit meinen Zähnen darüber.

Ich wusste, dass ich es spätestens jetzt beenden musste. Ich war mir nicht sicher, ob der Wein aus ihr sprach und ob sie es im nüchternen Zustand nicht getan hätte. Mit einem kräftigen Stoß entfernte ich mich von ihr und drehte mich um, sodass ich ihr meinen Rücken zeigte. So konnte ich erst einmal durchatmen. Ich ließ die kalte Nachtluft in meine heiße Lunge einströmen, in der Hoffnung, meine Erregung zu dämpfen. Ich musste mich zusammenreißen, um Mila nicht wieder zu verfallen.

„Ist alles in Ordnung?", fragte Mila besorgt. Ich holte noch einmal tief Luft, um meine Fassung zu erlangen.

„Wir dürfen das nicht tun. Du hast Alkohol getrunken und bist nicht mehr bei klarem Verstand. Es ist zu gefährlich.", brach es aus mir heraus. Natürlich hörte es sich übertrieben an, aber ich konnte es Mila noch nicht erklären.

„Gefährlich? Ich glaube, ich bin alt genug, um zu entscheiden, was für mich gefährlich ist und was nicht", erwiderte sie mir in einem erregten Tonfall. Verübeln konnte ich ihr die Reaktion nicht, aber ich versuchte besonnen zu bleiben.

Nach mehrmaligem Durchatmen drehte ich mich zu ihr um und gab ihr einen flüchtigen Kuss auf den Mund.

„Bis Bald", flüsterte ich ihr ins Ohr und ohne auf eine Antwort zu warten, drehte ich mich um und ging zurück zu meinem Wagen. Im Auto legte ich den Kopf gegen die Nackenlehne und schloss die Augen. Mein Herz schlug schnell und mein Puls pochte in meinen Schläfen. Durch Mila stand mein ganzer Körper unter Strom. Jede Zelle meines Körpers wollte sich am liebsten gerade auf sie stürzen.

Ich wusste, es waren die intensivsten Gefühle, die ein Wesen verspüren kann, doch neben den guten überwogen bei mir oft die Gefühle, die mich ins Verderben bringen konnten. Es war die Seite an mir, die ich Mila gern ersparen würde. Denn zeigte sich bei mir Lust oder Leidenschaft, musste ich vorsichtig sein. Ich wäre mit Mila weiter gegangen, nur wusste ich es selbst am besten: Ich hätte sie wahrscheinlich verletzt.

Kapitel 6: Mila

Während ich mich nach dem ereignisreichen Abend unruhig im Bett herumwälzte, konnte ich nur noch an Luke denken. Auch wenn ich meine Zweifel hatte, hoffte ich, dass er auch an mich dachte. Ich musste mir eingestehen, dass meine Gedanken kitschig klangen und verdrehte die Augen über mich selbst. Nur warum hatte er sich von mir abgewandt? Das wollte mir nicht aus dem Kopf gehen.

Je mehr ich über den vergangenen Abend nachdachte, umso verwirrter wurde ich. Ich wusste nicht viel mehr über ihn als zuvor, bis auf seinen Namen. Es fühlte sich jedoch so an, als würde bereits eine Verbindung zwischen uns bestehen. Die Gedanken kreisten solange weiter in meinem Kopf umher, bis der Schlaf mich ausnahmslos vereinnahmte.

Mit einem dröhnenden Kopf wachte ich morgens auf. Ich setzte mich in meinem Bett auf und nahm einige Schlucke Wasser aus der Flasche, die ich mir gestern Abend ans Bett gestellt hatte. Mit verschlafenem Blick schaute ich auf mein Handy: keine neuen Nachrichten. Enttäuscht schmiss ich es an das das Fußende meines Bettes, an dem es abfederte und mit einem lauten Knall auf den Boden schlug.

„Mila, was ist eigentlich los mit dir?!", schimpfte ich laut vor mich hin.

Ich schlug die Hände über meinem Kopf zusammen und rieb mir anschließend die Schläfen, die so stark pulsierten, dass ich kaum noch ein Umgebungsgeräusch wahrnehmen konnte. Man hätte meinen können, ich wäre 13 Jahre alt und keine erwachsene Frau im Alter von 22 oder zumindest so reif, wie man es von jemandem in diesem Alter erwarten konnte.

Ich konnte mich erinnern, dass es ein oder zwei Kerle in meinem Leben gab, für die ich geschwärmt hatte. Aber bei Luke war es anders. Auch wenn wir uns erst zwei Mal begegnet waren, strahlte er eine gewisse Vertrautheit aus. Dabei fühlte ich Sicherheit und Geborgenheit in mir. Nachdem er seine Lippen auf meine gelegt hatte, fühlte es sich an, als wäre ich bei ihm zu Hause. Sofort hatte er mich in seinen Bann gezogen, als würden seine Lippen mich hypnotisieren, damit ich ihm verfalle.

Während ich unsere Begegnung wieder und wieder in meinem Kopf abspielte, kribbelte mein Bauch, als hätte jemand ein großes Feuerwerk darin entzündet.

Es war angenehm und einfach sich solchen Gefühlen hinzugeben. Gerne könnten sie auf Dauerschleife laufen.

Mein Handy, das auf dem Boden klingelte, riss mich aus meinen Gedanken. Nur langsam beugte ich mich zu ihm, denn der Alkohol vom gestrigen Abend machte sich sofort bemerkbar.

‚Erinnerung: Seminar Verbandtechniken für Notfallsituationen 12:00 Uhr‘

Scheiße?! Das Seminar hatte ich total vergessen! Ich sollte mich darüber freuen, dass wenigstens mein Kopf angewachsen war.

Schnell sprang ich unter die Dusche und suchte mir etwas halbwegs Anständiges zum Anziehen heraus. Hoffentlich würde ich es noch pünktlich zum Seminar schaffen.

Ohne Kaffee würde mein verkaterter Körper diesen Tag nicht überleben, dachte ich und beschloss mir den Kaffee von gegenüber zum Mitnehmen zu bestellen. Kurz darauf saß ich im Zug und konnte ein wenig entspannen. Mein Handy zeigte immer noch keine neuen Nachrichten an. Vielleicht hatte er noch nicht auf meinen Zettel geschaut, den ich in seine Jackettasche gesteckt hatte? Darauf hatte ich ihm meine Nummer hinterlassen, damit wir nicht weiter über geheimnisvolle Zettelchen kommunizieren mussten, auch wenn ich das reizvoll fand. Seufzend ließ ich mein Handy in meine Tasche fallen und lehnte mich zurück. Ich sollte bester Laune sein, bei dem Seminar was mich erwartete. Ich versuchte meine Gedanken dahingehend zu lenken, anstatt ununterbrochen an Luke zu denken.

Der Zug hielt an und die Bremsen quietschten.

Da ich, gedankenversunken wie ich war, nicht sofort bemerkte, dass der Zug sich verspätet hatte, musste ich mich umso mehr beeilen. Bis jetzt verlief der ganze Tag nicht gut … es konnte nur besser werden.

Das Seminargebäude in der Nähe des James River konnte man kaum übersehen. Es überragte alle anderen und war pechschwarz. Schnell zückte ich die Infomail, in der ein Bild des Gebäudes mit der Umgebung abgebildet war, nur um sicherzugehen, dass ich mich auch auf dem richtigen Weg befand.

Während ich durch teils unbekannte Straßen eilte, wurde ich von einigen Menschen für eine Verrückte gehalten. Für die meisten Menschen war Unpünktlichkeit keine große Sache, für mich war das aber ein absolutes No-Go. Mein schlechtes Gewissen meldete sich, wenn ich nur wenige Minuten zu spät kam.

Endlich hatte ich das Seminargebäude erreicht, dessen Tür sich nur mit einem lauten Krächzen öffnen ließ.

Hektisch schaute ich noch einmal auf meine Armbanduhr: genau 11:53 Uhr. Gut, dass mich laut Aushang nur eine Etage vom Seminarraum trennte. Mit schnellen Schritten bewegte ich mich die Treppe hoch, um kurz vor Beginn der Veranstaltung zu erscheinen. Schwer atmend stand ich innerhalb weniger Sekunden vor dem Seminarraum.

Als ich die Tür öffnete, schauten mich viele Gesichter an. Das Seminar musste ausgebucht sein. Ich begrüßte die starrende Meute mit einem freundlichen Nicken.

Ich spürte, wie mein Herz pochte und das Blut durch meine Adern floss. Kleine Schweißperlen liefen mir den Rücken herunter. Kurz darauf hörte ich eine Tür hinter mir einrasten, was mich herumfahren ließ.

Plötzlich fühlte es sich an, als würde mein zuvor rasendes Herz für eine Sekunde lang aufhören zu schlagen - als würde das Blut in meinen Adern stocken und die Zeit in meiner Umgebung stillstehen.

Mit jedem Schritt, den der Seminarleiter weiter in den Raum setzte, schossen mir tausend Fragen in meinen Kopf: Warum war er hier? Hatte ich ihm von meinem Seminar erzählt?

Luke trug ein kleines Namensschild, auf dem sein Name und seine Funktion als Seminarleiter für Notfalltechniken aufgeführt war, auf das ich einen kurzen Blick werfen konnte, während er weiter in den Raum schritt.

Um Gottes Willen, ich hatte ihn nicht einmal nach seinem Beruf gefragt, als wir unser Date hatten?!

Meine Unsicherheit versuchte ich mir nicht anmerken zu lassen.

„Guten Morgen, ich begrüße Sie alle recht herzlich zu dem Seminar ‚Verbandtechniken für Notfallsituationen'.

Auch wenn ich erst seit ein paar Jahren als Krankenschwester im Krankenhaus arbeitete, sollten mir einige Verbandtechniken bekannt sein. Das hoffte ich in diesem Moment zumindest.

„Vorerst werde ich Ihnen einiges über die einzelnen Techniken erläutern und abschließend werde ich vorführen, wie man Verbände an Personen anlegt. Danach werden Sie natürlich auch die Verbandtechniken durchführen", fuhr Luke fort. Er hielt professionell den Vortrag, doch ich konnte mich am Anfang nicht darauf konzentrieren. Ich beobachtete, wie Luke mit großer Leidenschaft seine eingeübten Texte den Zuhörern näherbrachte.

Nach und nach konnte ich mich besser konzentrieren und wie in Trance lauschte ich seinen Worten. So verging die Zeit wie im Fluge. Ich war überrascht, dass ich nach anderthalb Stunden viel mehr wusste als zuvor.

Luke erzählte Geschichten über den zweiten Weltkrieg in Deutschland, als wäre er hautnah dabei gewesen. Einige davon kannte ich selbst nicht.

„So, nun habe ich für den Anfang genug erzählt. Jetzt würde ich Ihnen gerne die Techniken zeigen, die im Alltag wenig gelehrt werden. Dafür würde ich gerne jemanden von Ihnen bitten, mir als Versuchsobjekt zur Verfügung zu stehen. Was ist mit Ihnen schöne Dame?", fragte Luke und zeigte mit einem verführerischen Lächeln auf mich.

Ich fühlte mich wie bei einem Zauberer, der hinter meinem Ohr eine Münze hervorholen wollte, aber ich wollte ihm sein Spielchen nicht verderben.

Selbstsicher stand ich auf und ging zu Luke herüber. Nur wenige Zentimeter vor seinem Gesicht drehte ich mich um. Dabei wehte mir sein Duft, eine Kombination aus Moschus und Moos in die Nase, der meine Knie weich werden ließ. Mila, reiß dich zusammen, dachte ich mir in diesem Moment.

„Diese Technik, die ich Ihnen jetzt demonstriere, wird bei Verletzten angewendet, die eine große tiefe und stark blutende Wunde an den großen Arterien erlitten haben. Beispielsweise am Oberschenkel, Unterarm oder am Hals."

Luke schnappte sich von seinem Materialtisch ein Verbandpäckchen und einige Mullkompressen.

„Darf ich?", fragte Luke freundlich in die Runde und schaute mich nicht an.

„Natürlich", entgegnete ich ihm.

Kurz darauf spürte ich seine Fingerspitzen an meinem Hals entlangfahren. Dabei hoffte ich, dass Luke meine Anspannung ihm gegenüber nicht bemerkte. Er strich meine wilde orangefarbene Mähne, soweit es möglich war, auf die Seite, um meinen Hals freizulegen. Als er nach und nach den Verband anlegte, erklärte er dem Publikum Schritt für Schritt, worauf man zu achten habe, wenn man diese besonderen Verbände anlegte.

Auch wenn ich es gewollt hätte, hätte ich zu späterer Zeit keines seiner Worte wiederholen können. Lukes Anwesenheit ließ meinen Körper immer mehr erzittern, sodass meine Anspannung mehreren Anwesenden aufgefallen sein musste.

Ich konnte nur noch an unseren gemeinsamen Abend denken. „Dann … danke … danke ich …", Luke stotterte vor sich hin, was mich aus meinen Gedanken riss und sichtlich irritierte.

Plötzlich machte er auf dem Absatz kehrt und verschwand schnurstracks im Raum hinter uns.

Für wenige Sekunden war es still, man hätte eine Stecknadel im Raum fallen hören können, bis die Seminarteilnehmer im Sitzkreis anfingen, unverblümt zu tuscheln.

Mit dem Verband am Hals, wurde ich von einigen Kursteilnehmern fassungslos angestarrt. Dabei wusste ich selbst nicht, was gerade geschehen war. Lukes, nach außen hin, selbstsicheres Auftreten brach innerhalb weniger Sekunden zusammen. Selbst bei unserem ersten Treffen habe ich ihm seine Nervosität, falls diese vorhanden war, nicht angemerkt.

Einige Minuten vergingen, doch Luke war noch nicht zurück. Auch die Teilnehmer verabschiedeten sich nacheinander und verließen das Seminar.

Die Situation ließ mir keine Ruhe. Ich musste nach ihm sehen. Zuvor befreite ich mich von dem engen Verband an meinem Hals, der unangenehm auf meine Arterien drückte.

Sehr lange kannte ich Luke noch nicht, aber dass dieses Verhalten nicht typisch für ihn war, wusste ich. Vorsichtig näherte ich mich dem kleinen Nebenraum. Mit einer Hand hielt ich mich am Türrahmen fest, um langsam hineinzuspähen.

Was ich dort sah, ließ meine Sorgen nur noch größer werden: Luke kauerte in der hintersten Ecke. Sein Gesicht hatte er an die Wand gerichtet und hielt die Arme vor sich verschränkt. Auch schon von weitem konnte ich ihn schwerer atmen hören. Ohne etwas zu sagen, beobachtete ich, wie sich sein muskulöser Oberkörper hob und senkte.

„Mila, geh bitte wieder", brachte Luke angestrengt hervor.

„Woher weißt du, dass ich es bin?", flüsterte ich, auch wenn ich es nicht aussprechen wollte.

Luke antwortete nicht mehr. Die Situation ließ mir einen Schauer über den Rücken laufen, denn es war unbehaglich zwischen uns.

Langsam ging ich auf ihn zu, ich konnte nicht einfach gehen, wenn es ihm nicht gut ging.

Genau hinter ihm blieb ich stehen. Einzelne Strähnen seines schulterlangen Haares legten sich wild um seinen Hals. Einen Teil davon hatte er sich zu einem Dutt hochgebunden.

Ich wusste selbst nicht, warum ich mich mit den so unnützen Details beschäftigte, während Luke wohlbemerkt emotional am Abgrund stand. Vielleicht weil ich nicht wusste, wie ich reagieren sollte, da wir uns nicht sehr lange kannten. Obwohl ich direkt hinter ihm stand, kehrte er mir immer noch den Rücken zu und sagte keinen Ton.

Ich beschloss zu bleiben, egal was er sagte. Dann beugte ich mich zu ihm herunter und legte meine Hand auf seine Schulter.

„Ich lasse dich nicht allein", brachte ich entschlossen hervor.

Noch nie hatte ich mich in kurzer Zeit so zu einem Menschen hingezogen gefühlt. Durch die Berührung seiner Schulter war meine Unsicherheit wie weggeblasen. Sofort fühlte ich wieder Geborgenheit, die sich wohlig warm in meinem Körper ausbreitete. Mein Herzschlag, der zuvor immer und immer wieder gegen meine Brust hämmerte, schlug langsam wieder in seinem gewohnten Rhythmus. Diese Gefühle bekräftigten mich, weiterhin an seiner Seite zu stehen, ja, ich fühlte mich sogar verpflichtet, bei ihm zu bleiben.

„Wenn du mich kennen würdest, würdest du mich allein lassen. Ich bin nicht der richtige Umgang für dich", hörte ich die Worte aus Lukes Mund kommen. Seine Worte passten nicht zu dem, wie ich ihn kennengelernt hatte. Er kam mir vernünftig und liebevoll vor.

„Luke, hör auf so etwas zu sagen. Ich weiß selbst, wer gut für mich ist und wer nicht!", entgegnete ich ihm energisch. Daraufhin sagte Luke nichts mehr. Ich spürte, wie er seine Hand über die Schulter streckte und vorsichtig auf meine legte, die noch an Ort und Stelle verweilte. Die warmen Gefühle verstärkten sich erneut durch seine Berührung.

„Mila, ich will es auch. Aber ich muss darüber nachdenken. Es wäre egoistisch und gefährlich ..."

Den letzten Satz flüsterte Luke so leise, als sollte ich ihn nicht zu hören bekommen.

Zeitgleich stand er auf und drehte sich zu mir um. Dass ihm die Situation zu schaffen machte, war unübersehbar. Auf seiner Stirn hatten sich winzig kleine Schweißperlen gebildet.

Bevor ich etwas erwidern konnte, nahm er mich zu sich in den Arm und gab mir einen Kuss auf die Stirn.

„Schließ die Augen", befahl er mir - und ich schloss sie sofort. Doch es passierte nichts.

Als ich sie öffnete, war Luke fort. Ich schaute mich um und rief zweimal nach ihm. Auch im Seminarraum war er nicht zu finden. Ich wurde nicht schlau aus ihm. Selbst seine ganzen Materialien lagen noch hier. Ich schlenderte langsam am Schreibtisch vorbei und schaute mir seine Unterlagen an. Kugelschreiber, Ablaufpläne und weitere

Materialien lagen in kleinen Stapeln nebeneinander. Unordnung konnte man dort nicht entdecken.

Ich fand eine Visitenkarte mit seinem Vor- und Nachnamen - und der Anschrift darauf. Vielleicht sollte ich zu ihm gehen? Der Gedanke war verlockend, aber ich musste ihn mir vorerst aus dem Kopf schlagen. Er wollte nachdenken und würde sich melden, ganz sicher.

Die Karte steckte ich in meine Jackentasche und machte mich mit einem mulmigen Bauchgefühl auf den Nachhauseweg.

Kapitel 7: Luke

Ich konnte nicht mehr klar denken. Während ich nach Hause fuhr, raste mein Herz wie verrückt. Nicht nur mein Herz, stellte ich fest und ging kurzerhand vom Gas. Mein Tacho zeigte schon 240 km/h.

Wieso kam ich auf die blöde Idee, Mila als Versuchsperson zu benutzen?

Während ich in die Einfahrt vor meinem Haus einbog, sah ich dort einen großen Wagen parken.

Ich wusste, wer mich erwartete.

Ich schloss mein Auto ab und lief zum Eingang. Meine Haustür war nicht mehr verschlossen.

Drinnen sah ich mich um, jedoch war niemand zu entdecken. Das Geräusch klirrender Gläser drang plötzlich in mein Ohr. Vermutlich kam es aus der Küche. Ich folgte dem Geräusch und lag mit meiner Vermutung goldrichtig.

„Tyler ...", erklang es seufzend aus meinem Mund.

Er schaute mir unablässig in die Augen, schwenkte das Glas gekonnt in seiner Hand, bevor er mit einem einzigen großen Schluck den Whiskey leerte.

„Du solltest wirklich die Wahl deines Whiskeys überdenken, Luke", spottete Tyler, während er sein Gesicht angewidert verzog.

Sein Kommentar brachte mich blöderweise zum Schmunzeln, auch wenn ich in diesem Moment eine ernste Miene aufsetzen wollte.

Tyler schenkte sich erneut einen großen Schluck des Whiskeys ein und ging, ohne ein weiteres Wort zu sagen, an mir vorbei ins Wohnzimmer. Ein ungutes Gefühl breitete sich in meinem Magen aus. Ich folgte ihm, nachdem ich mir ebenfalls ein Glas Whiskey eingeschenkt hatte.

„Wie geht es meinem Lieblingsbruder?", fragte Tyler gelassen.

„Erwartest du wirklich eine Antwort von mir?", entgegnete ich ihm genervt.

„Natürlich erwarte ich das", konterte Tyler mit einem schelmischen Blick.

Bis vor ein paar Tagen war meine Welt noch in Ordnung. Bis dato hatte ich mich weitgehend unter Kontrolle. Doch dann kam Mila und jetzt auch noch mein Bruder, die alles durcheinanderbrachten. Lange hatte Tyler nicht mehr von sich hören lassen, was für mich mehr Segen als Fluch bedeutete. Von Mila durfte ich ihm aber nichts erzählen, noch hielt er mich für den vernünftigeren und kontrollfähigeren Bruder – der ich bis jetzt auch war.

„Ich weiß zwar nicht, ob das Gespräch in deinem Kopf interessanter als eine Unterhaltung mit mir ist, aber wenn ja, bin ich zutiefst getroffen", schauspielerte Tyler mit hinuntergezogenen Mundwinkeln.

„Es ist alles in Ordnung und jetzt sag, was du hier zu suchen hast", schnauzte ich ihn an, „es gibt immer einen Grund, wenn du hier auftauchst."

Nur schleichend lief er im Wohnzimmer auf und ab, dabei nahm er immer wieder einen Schluck Whiskey aus dem Kristallglas.

„Ich wollte dir ein paar Tage Gesellschaft leisten. Wollte mich davon überzeugen, dass es dir gut geht, Bruder. Außerdem sollten hier einige Bars einen ganz passablen Ruf haben. Das muss ich natürlich überprüfen."

Zwinkernd nahm er wieder einen Schluck Whiskey.

„Das geht nicht", erwiderte ich kurz und knapp. Prompt wurde mir bewusst, dass ich mit den drei Worten zu viel gesagt hatte. Ich sah seinen fragenden Blick und ich wusste, dass ich mir eine Ausrede einfallen lassen musste, um Mila ihm gegenüber nicht erwähnen zu müssen.

„Du warst im Lügen noch nie gut, also sag schon, was los ist. Sonst finde ich es anderweitig heraus. Das wird nur nicht so angenehm, das weißt du."

Mit seinen Drohungen machte Tyler mich noch wütender, als ich es schon war.

„Tyler, verschwinde einfach!", rief ich.

„In ein paar Tagen vielleicht, wenn dein langweiliger Alltag mich anödet", erwiderte er.

Mein Herz raste vor Wut. Ich wusste, dass ich jeden Moment die Kontrolle verlieren würde, denn sein Auftauchen machte mein Gefühlschaos perfekt.

Somit stand ich auf und lief mit schnellen Schritten auf die Haustüre zu. Lange habe ich es noch nie mit meinem Bruder ausgehalten, aber heute spielten die Karten nicht gut für mich. Bevor ich die Haustüre hinter mir zuschlug, hörte ich Tyler noch „ach komm schon", spottend hinter mir herrufen. Noch eine Minute länger mit ihm und ich wäre explodiert.

Ohne ein bestimmtes Ziel lief ich Richtung Innenstadt. Ich musste meinem Ärger Luft machen. Die Situation hatte ich etliche Male mit ihm erlebt. Tyler tauchte immer dann auf, wenn es mir nicht gelegen war. Es wäre zu einfach gewesen, wenn wir eine normale brüderliche Beziehung führen würden. Tyler hegte eine gewisse Wut auf mich – und das nicht erst seit gestern.

Leider kannte er mich als Bruder besser, als mir lieb war. Er wusste sofort, wenn ich ihm eine Lüge auftischte oder, wenn ich meine Gefühle versuchte zu verstecken. Deshalb war es unpassend, dass er gerade jetzt bei mir aufgetaucht war.

Nicht einmal ich selbst wusste, wie es weiter gehen sollte mit Mila. Dass sich Tyler in meinem Haus einquartierte, auch wenn es sich nur um wenige Tage handelte, würde mein Verhältnis zu Mila erheblich erschweren.

Natürlich war da etwas zwischen ihr und mir, sonst hätte ich sie nicht wiedersehen wollen, das musste ich zugeben. Wenn mein Bruder es herausfinden würde, würde es kein gutes Ende nehmen. Ich konnte nicht einschätzen, wie Mila auf gewisse Tatsachen reagieren würde.

Ein schrilles Glöckchen erklang, als ich die Tür zum nächstgelegenen Café in der Innenstadt betrat. Vielleicht würde ich mich nach einem Kaffee beruhigen.

Ich setzte mich an einen Platz am Fenster, um den Leuten bei ihren abendlichen Erledigungen zuzuschauen.

Die Bedienung stellte den dampfenden Kaffee auf meinen Tisch. Langsam beruhigte ich mich und konnte klar denken.

Was wollte Tyler wirklich hier? Warum tauchte er genau jetzt auf, nachdem ich Mila kennengelernt hatte? Wusste er etwas von ihr? Ich musste ihn letztendlich zur Rede stellen, das lag klar auf der Hand. Aber wie ich ihn kannte, würde er mit seinen wahren Gründen nicht rausrücken.

Schluck für Schluck trank ich den heißen Kaffee und überlegte mir nebenbei, wie ich Tyler seine wahren Gründe entlocken könnte. Es würde schwierig werden, denn er war schon immer ein Sturkopf, der tagelang schweigen konnte.

Nach dem Kaffee machte ich mich auf den Weg nach Hause. Ich schlenderte, anders als auf dem Hinweg, den Weg zurück.

Ich wollte mich nicht vor der Konfrontation mit Tyler drücken, aber ich wusste genauso gut, wie skrupellos er sein konnte. Für das letzte Stück nahm ich eine Abkürzung durch den Wald. Ich wusste, dass Tyler sie nicht kannte und mich nicht kommen sehen würde. Ich hoffte, dass er nicht schon verschwunden war und die Stadt unsicher machen würde. Dann konnte ich ihn zur Rede stellen. Falls doch, wünschte ich mir, dass er sich für eine lange Zeit nicht blicken lassen würde.

Kapitel 8: Mila

Immer wieder las ich seinen Namen und seine Adresse auf der Visitenkarte. Mittlerweile konnte ich die Adresse auswendig. Dabei kam ich mir blöd vor.

Ich stand auf und beschloss, mir etwas zu Essen zu kochen. Schließlich war mein Morgen schon so chaotisch gewesen, dass ich vergessen hatte, zu essen.

Gerade, als ich das leider schon ziemlich matschige Gemüse aus meinem Kühlschrank holte, vibrierte mein Handy.

Sofort schoss mir Luke in den Kopf. Schnell folgte ich der Vibration meines Handys, um den Anruf entgegenzunehmen.

„Luke?", fragte ich erwartungsvoll.

„Wer ist Luke?", fragte eine helle Frauenstimme, „ist mein Schätzchen etwa verliebt?" Meine Mutter war am anderen Ende der Leitung.

Im Hintergrund hörte ich meinen Bruder lauthals schreien: „Mila ist verliebt, Mila ist verliebt ..."

Ich konnte förmlich vor mir sehen, wie er auf und ab sprang.

Enttäuscht sank ich auf das Sofa und schwor mir, nie wieder an mein Handy zu gehen, ohne auf das Display geschaut zu haben.

Das Gespräch mit meiner Mutter dauerte länger als eine halbe Stunde, sie versuchte etwas über den geheimnisvollen Mann aus meinem Leben herauszufinden. Irgendwann hörte ich ihr nur noch halbherzig zu, da sie zum dritten Mal diese Woche über den unfreundlichen neuen Nachbarn ablästerte.

Und ja, ich würde auch gerne mehr über den geheimnisvollen Mann wissen. Im Endeffekt wusste ich nichts über ihn und trotzdem bekam ich ihn nicht mehr aus meinem Kopf.

„Mum, ich muss auflegen, tut mir leid."

„Was ist los, Schätzchen? Geht es dir etwa nicht gut? Wenn ich mich gleich ins Auto setze, kann ich in einer Stunde ..." „Nein, es ist alles gut, mach dir keine Sorgen."

Ich hätte mir denken können, dass es schwierig ist, eine besorgte Mutter abzuwimmeln.

„Schätzchen, rede mit mir. Ich möchte mich nicht die ganze Nacht um dich sorgen müssen. Schätzchen, sag doch ..."

„Dein Schätzchen muss herausfinden, ob es verliebt ist, mach's gut", rief ich und drückte auf den roten Hörer am Handy.

Überrascht von mir, aufgelegt zu haben, machte ich mich sofort auf den Weg zu meinem Wagen. Ich gab die Adresse von Luke in mein Navi ein und fuhr los.

In meinem Kopf herrschte ein einziges Chaos, das ich zu bändigen versuchte – erfolglos. Ich schaffte es nicht mehr, mir einen anständigen Satz zurechtzulegen, um ein halbwegs normales Gespräch zu beginnen.

Als ich kurz vor dem Fahrtziel in die Straße einbog, sah ich ein großes Anwesen am Waldrand stehen.

Ich holte ein paar Mal tief Luft, bevor ich darauf zu fuhr. Dabei versuchte ich, mir so wenige Gedanken, wie möglich zu machen. Ich wusste, dass das Haus ihm gehörte, da es schemenhaft auf der Rückseite der Visitenkarte abgebildet war. Ich konnte von Weitem erkennen, dass Licht brannte. Mein Herz raste.

Ich fuhr in die Einfahrt, die von einer großen Parkanlage umringt war. Der sattgrüne Rasen sah frisch gemäht aus und weiße Hortensien und Buchsbäume schmückten die Beete. Ich parkte neben zwei Autos, wobei ich Lukes schwarze Limousine sofort wiedererkannte.

Ich stellte den Motor aus und machte die Autotür auf. Die unheimliche Stille des Waldes war zu spüren, aus der Ferne konnte ich den Ruf eines Adlers hören. Ich stieg aus dem Auto und mich überkam Gänsehaut, denn mein Vorhaben bereitete mir Unbehagen. Innerlich war ich fest entschlossen. Was sollte schon schief gehen?

Erneut atmete ich einmal tief durch und ging Schritt für Schritt auf eine große braune Tür aus Massivholz zu. Sie war aufwendig mit Ornamenten verziert, die sich in den aus Milchglas bestehenden Fenstern verquirlten. Ich blieb zögernd davor stehen und nur langsam hob ich meine Hand, um den messingfarbenen Klingelknopf zu betätigen. Ich hoffte, dass auch wirklich alles gut gehen würde.

Kapitel 9: Luke

„Das darf doch nicht wahr sein", sprach ich zu mir selbst, während ich mein Anwesen von dem kleinen Waldweg aus sehen konnte. Auch wenn ich noch einige Meter von ihm entfernt war, konnte ich erkennen, dass Mila vor meiner Haustüre stand. Ihre strahlend orangefarbenen Haare, im Vergleich zu ihrem blassen Teint, waren unübersehbar und somit sprang mir ihr Anblick sofort ins Auge.

Eines war sicher: Sie musste sofort verschwinden, bevor Tyler ihr begegnete. Ich legte einen Gang zu, um sie schneller zu erreichen. Kurz vor der Haustür verlangsamte ich meine Schritte, da ich ihr meine Angst lieber vorenthalten sollte.

„Mila, suchst du mich oder liege ich damit falsch?", fragte ich, während ich kurz vor ihr zum Stehen kam. Mila drehte sich zu mir um.

„Eh, ja genau ...", brach es nervös aus ihr heraus, „du bist vorhin so plötzlich verschwunden."

„Ja, mir ging es nicht gut", war die einzige Ausrede, die ich im Moment über die Lippen bringen konnte, denn ich versuchte große Lügen zu vermeiden. Davon war ich, im Gegensatz zu Tyler, kein Freund.

„Das ist wirklich lieb, dass du nach mir schauen möchtest, nur leider passt es gerade wirklich nicht. Ich muss ..."

„Was ist das zwischen uns?", unterbrach mich Mila und somit auch mein Vorhaben, sie so schnell wie möglich nach Hause zu schicken.

Dass Mila diesen wortgewandten Überfall ebenfalls nicht geplant hatte, merkte man ihr sofort an, da ihre Gesichtsfarbe von einem blassen Weiß in ein leuchtendes Rot wechselte.

Kurz überdachte ich meine Wortwahl. Ich wusste, was ich zu ihr sagen wollte, aber nicht konnte. Vom ersten Moment an erschien Mila mir besonders. Sie war sympathisch, hübsch und unglaublich liebevoll. Das zwischen uns war alles, alles was ich je wollte. Diese Antwort hätte ich ihr gern gegeben. Jedoch wusste ich, dass ich nicht gut für sie war.

Dem Anschein nach ging ich ihr genauso wenig aus dem Kopf wie sie mir. In den letzten Tagen habe ich sie nur wenige Male gesehen, aber in mir regte sich etwas, sobald sie sich in meiner Nähe befand.

Plötzlich spürte ich ihre Hand nach meiner greifen. Ihre sanften Finger berührten mich und ich konnte meine Gedanken nicht mehr im Zaum halten.

„Das zwischen uns ist schwierig", stammelte ich. Wieder hatte ich das Verlangen sie zu küssen.

„Mila, lass uns das bei einem Kaffee besprechen, in Ordnung?", fragte ich, wobei es mir selbst schon wie eine billige Ausrede vorkam.

Milas Mimik drückte Enttäuschung aus - berechtigterweise.

Sie erwiderte nichts, was mich beunruhigte. Ich wollte sie nicht verlieren.

Langsam entzog ich mich ihrer Berührung, um ihr Gesicht in meine Hände zu nehmen. Ihre Wangen glühten, wahrscheinlich vor Aufregung. Ich legte meine Lippen auf ihre, denn ich wollte sie so nicht gehen lassen. Außerdem hatte ich selbst das Verlangen danach - nach ihr und ihren sanften rosigen Lippen. Diesmal durfte ich aber nicht zulassen, dass der Kuss intensiver wurde. Ich wusste, wie schnell ich die Kontrolle verlieren würde.

Gerade als ich von ihr ablassen wollte, hörte ich, wie sich die Tür hinter Mila öffnete. Sie drehte sich um und ich wusste, dass mein Bruder genau die Situation erschaffen hatte, die ich vermeiden wollte: In der Tür stand Tyler mit blutverschmierten Mundwinkeln und schnaufte. Bei jedem Atemzug sah man seine Reißzähne hervorblitzen. Seine Augen waren nicht mehr meeresblau, sondern hatten ein tiefes Schwarz angenommen. Aus meiner Blickrichtung sah ich zwei leicht bekleidete Frauen leblos auf dem Wohnzimmerboden liegen.

„Und ich dachte, ich würde hier als einziger an Abendessen denken", alberte mein Bruder rum, weil er genau wusste, was er damit anrichtete. Bevor ich Mila ein paar beruhigende Worte entgegenbringen konnte, bemerkte ich, wie sich ihre Atmung beschleunigte. Sie hatte Angst.

„Mila, schau mich an, es ist …"

Bevor ich meinen Satz zu Ende sprechen konnte, schubste Mila mich zur Seite und rannte panisch zu ihrem Wagen.

„Spielen wir jetzt ein Katze-Maus-Spiel?", fragte Tyler und legte mit einem mörderischen Blick seinen Kopf zur Seite, während er Mila hinterher schaute, „oder liegt dir etwas an der Kleinen?" Tyler wusste die Antwort, auch ohne, dass ich ihm diese Frage beantworten musste.

Wütend stürmte ich in mein Haus. Mila sofort hinterherzufahren, hätte die Situation nicht besser gemacht. Später, wenn sie sich beruhigt hatte, würde ich zu ihr fahren.

Ich schüttete mir ein Glas Whiskey ein und leerte es mit einem Schluck. Tyler schlenderte zu mir herein und weder ein schlechtes Gewissen noch Reue waren bei ihm zu erkennen.

Impulsiv gestimmt, schmiss ich mit aller Kraft das Whiskeyglas auf den Boden, das in tausend kleine Splitter zersprang.

„Ach Bruder, du weißt doch, dass so eine Beziehung nicht funktioniert. Du kannst nicht ewig tun, als wärst du ein Mensch", predigte Tyler.

„Einem Menschen beizubringen, dass ich ein Vampir bin, dauert nun einmal länger als zwei Treffen, aber danke dir, dass du es gleich vorweggenommen hast!", schrie ich Tyler an. Mein Körper sackte verzweifelt auf dem Sofa zusammen.

Die gerade geschehene Situation, die Mila wieder von mir entfernte, zeigte mir erneut, dass sie mir wirklich viel bedeutete.

„Du wolltest ihr davon erzählen? Bist du lebensmüde, Luke?", lachte Tyler, „du kannst sie auch gleich töten. Darauf wird es nämlich schlussendlich hinauslaufen."

„Im Gegensatz zu dir kann ich mich kontrollieren, Tyler", konterte ich. Mein schlechtes Gewissen wies mich sofort auf die Momente hin, in denen ich mich gegenüber Mila nicht kontrollieren konnte. Das musste Tyler nicht erfahren. Vielleicht wollte ich es mir nicht eingestehen, dachte ich, während ich diesen Gedanken in die letzte Ecke meines Kopfes verbannte.

Meine Wut auf Tyler ließ sich kaum noch bändigen.

„Mit der rosaroten Brille, die du aufhast, wirst du das Verlangen nach ihrem Blut kaum noch unterdrücken können. Du weißt doch, wie es sich anfühlt", zischte Tyler, während er sich demonstrativ mit der Zunge über seine blutverschmierten Lippen fuhr.

Und ja, leider hatte er recht. Ich wusste, wie es sich anfühlte – so gut, auch wenn es so schrecklich war.

Während ich in der Vergangenheit versuchte mit meinem Vampirdasein auszukommen, vollbrachte ich grausame Dinge, die mich bis heute verfolgten: Ich tötete meine damalige Geliebte, weil ich überzeugt war, eine Beziehung zwischen einem Menschen und einem Vampir könne funktionieren.

Egal, wie oft ich mir diese schreckliche Tat ins Gedächtnis rief, Mila verschwand nicht. Ich wollte sie in meinem Leben haben, auch wenn es schwierig werden würde. Ich wollte vorerst darüber nachdenken, doch die Entscheidung für sie stand von Anfang an fest.

Der Gedanke, dass ich ihr dasselbe antun könnte wie meiner damaligen Geliebten, machte mich schon seit Tagen fertig. Einerseits wollte ich den Gedanken verdrängen, jedoch wäre es egoistisch, da ich sie verletzen - oder ihr sogar Schlimmeres antun könnte.

„Ich muss zu ihr fahren, sie sollte sich mittlerweile etwas beruhigt haben", flüsterte ich vor mich hin.

„Ist das jetzt dein Ernst?", spottete mein Bruder erneut, während er über einem der Mädchen hockte und den letzten Tropfen Blut aus ihr saugte.

„Ja Tyler, ist es. Sie ist es mir wert", sagte ich entschlossen.

Innerlich hatte ich ein mulmiges Gefühl. Hoffentlich würde sie verkraften, was sie heute gesehen hatte. Mein Bruder schaute mich verblüfft an. Ohne meinen Entschluss zu kommentieren, nahm er sich sein Whiskeyglas und ging zu dem zweiten Mädchen.

Mit einer Genauigkeit biss er in ihr blasses Handgelenk. Er hatte ihren Körper fast vollständig ausgesaugt. Tyler hielt das Handgelenk direkt über das Glas, drückte die Wunde zusammen und presste die letzten Tropfen Blut aus dem Körper des Mädchens. Danach füllte er den Rest mit Whiskey auf. Konzentriert beobachtete ich seine Bewegungen. Er schritt auf mich zu, bis er vor mir stand.

„Hier Bruder, nimm. Wir wollen ja nicht, dass es bei der Offenbarung schon zu Ende ist. Ich glaube nämlich, dass es noch lustig werden könnte mit euch beiden."

Ohne genau zu erläutern, was er mit lustig werden meinte, verließ er innerhalb einer Sekunde das Haus. Am liebsten hätte ich ihn umgebracht! Fassungslos starrte ich auf das Glas in meinen Händen. Leider hatte er recht. Ich sollte das Blut trinken, bevor ich zu Mila fuhr. Je mehr Durst ich hatte, umso schwieriger würde es mir fallen, ihr zu widerstehen. Mit drei Schlucken leerte ich das Glas. Auch ich bemerkte, wie meine Vampirzähne hervortraten und mein Körper mehr verlangte. Aber ich musste mich beherrschen - Mila zuliebe.

Kapitel 10: Mila

Zum wiederholten Male kniff ich mir selbst in meinen Oberschenkel beim Fahren. Das musste ein verfluchter Albtraum oder ein beschissenes Rollenspiel sein?! Wer auch immer das bei Luke war, hatte vermutlich diese zwei Mädchen getötet.

Im Moment war mir nicht zum Lachen zumute. Durch die letzten Vorfälle zweifelte ich an meinem Verstand. Da war die blutüberströmte Frau im Krankenhaus und die verletzte Frau im Wald ... hatte er etwas damit zu tun?

Ich versuchte mir die Bilder aus dem Kopf zu schlagen, das konnte doch alles nicht wahr sein. Luke war mir verdammt nochmal eine gute, wirklich gute Erklärung schuldig.

Meine Arme und Beine zitterten immer noch und ich konnte mich kaum auf das Fahren konzentrieren, ohne an den Anblick der Mädchen zu denken.

Kaum hatte ich meinen Wagen vor meiner Tür abgestellt, sprintete ich in meine Wohnung. Ich schloss die Tür hinter mir und verriegelte sie vorsichtshalber. Mein Handy vibrierte in meiner Hosentasche, was mich im Moment aber recht wenig interessierte.

Ich huschte durch mein Wohnzimmer und durchforstete jede Ecke, bis ich einen kleinen Stapel mit Papieren unter einem Haufen Zeitschriften vorfand. An der Arbeit hatte ich mir in letzter Zeit heimlich die ungelösten Fallakten kopiert, denn ich musste immer wieder über sie nachdenken. Es war der erste Gedanke, der mir vorhin beim Anblick der geschändeten Mädchen in den Sinn kam.

Vor allem eine Akte: die von Finja Sherman. Die Bilder, die ich aus den Akten kopiert hatte, zeigten haargenau die gleiche Verletzung, die ich eben bei den zwei Mädchen gesehen hatte. Natürlich konnten es Tierbisse sein, aber scheinbar auch etwas anderes.

Und erneut hoffte ich, dass mir meine Fantasie einen Streich spielte, doch je mehr Zeit verging, umso sicherer war ich mir, dass die ganze Situation zuvor mehr als real war.

Ich spürte, wie die Panik in mir hochstieg und ich viel schlechter Luft bekam als zuvor. Es fühlte sich an, als würde eine spitze Nadel jedes einzelne Lungenbläschen nach und nach zum Platzen bringen.

Wieder vibrierte mein Handy. Ich wartete, bis der Anrufer auflegte. Als ich auf das Display schaute, sah ich sieben verpasste Anrufe von Jenna, drei von meiner Mutter und einen von Luke. Und die einzige Frage war: Was wollte Luke mir sagen?

Egal wie viele andere verpasste Anrufe ich bekam, ich ignorierte sie. Nur der eine war wichtig. Ich drückte auf Rückruf, wartete ein paar Sekunden und legte dann sofort auf. Meine Angst war zu groß. Mein Herz schlug fest gegen meinen Brustkorb und mein Hals fühlte sich an, als hätte jemand eine Krawatte zu festgeschnürt. Was wäre, wenn er irgendetwas mit der Sache zu tun hatte? War das der Grund, warum es ihm „gerade nicht passte"?

Ich legte ich mein Handy auf den Tisch und atmete tief durch. Plötzlich klingelte es an meiner Tür. Ich ließ vor Schreck einen kleinen Schrei los.

Ich musste mich zusammenreißen.

Es konnte nur Jenna sein, sie hatte mich sieben Mal angerufen.

Ich betätigte mit zitternden Händen den Türöffner und wartete hinter der verschlossenen Wohnungstür. Wenige Sekunden später klopfte es. Ich lehnte meinen Kopf leise an das knausrige Holz, in der Hoffnung etwas zu hören – Es herrschte Stille.

Ich entriegelte ich das Schloss, öffnete die Tür einen Spalt und spähte hindurch. Da stand Luke. Mein Atem stockte. Ich schmiss die Tür zu und lehnte mich mit dem Rücken gegen sie.

„Mila, ist alles in Ordnung?", rief Luke.

„In Ordnung? Ist das dein Ernst? Wer war der andere Mann? Und wer waren die Mädchen? Und vor allem, warum lagen sie leblos und blutverschmiert auf dem Boden? Und warum …"

„Mila, warte. Ich erkläre dir alles, mach die Tür auf. Nur wird das nicht so einfach." Ich öffnete die Tür.

„Das Szenario hätte genauso aus meinem letzten Vampirroman oder Thriller stammen können, also fang an und erkläre es mir!"

Wie in Trance schritt ich zu meiner Couch und setzte mich. Luke folgte mir und blieb dann vor mir stehen, nervöser, als ich ihn je zuvor gesehen hatte.

„Ich muss dich leider enttäuschen, besser wird es nicht. Wir glitzern noch nicht einmal", sprach Luke, wobei er den letzten Satz langsam und leise äußerte.

Ich schaute ihn fragend an.

„Mila, ich will dir nichts vormachen, denn ich mag dich, aber viele Menschen verkraften es nicht, wenn man sie an diesem Punkt aufklärt."

Luke atmete tief durch, weil es ihm offensichtlich schwerfiel, die nächsten Sätze auszusprechen.

„Mit Vampiren liegst du nicht einmal falsch, auch wenn Menschen uns nur für unechte mystische Wesen halten. Vampire existieren."

Er räusperte sich, als könnte er selbst nicht glauben, was er von sich gab.

Ich lachte ihn aus. Er wollte mich doch verarschen.

„Wenn in deinem Haus nicht zwei leblose Mädchen gelegen hätten, würde ich darüber länger lachen, aber ich möchte wissen, was zur Hölle los ist."

Luke setzte sich neben mich auf die Couch, sodass unsere Knie sich berührten. Mir wurde warm und es kribbelte in meinem Bauch, ich versuchte, es vor ihm zu verbergen.

„Ich möchte dich nicht erschrecken, aber irgendwie muss ich es dir erklären", flüsterte Luke.

Ich schaute Luke mit einem fragenden Blick an.

Er legte seine Lippen auf meine und begann mich zu küssen.

Nach dem Vorfall sollte ich mich dagegen wehren. Doch meine Angst war von einer auf die andere Sekunde wie weggeblasen.

Seine Hände umfassten energisch meine Wangen, während wir uns aneinanderschmiegten. Wir verschmolzen ineinander und wie bei unserem ersten Treffen, stöhnten wir vor Erregung.

Abrupt zog sich Luke von mir zurück und schaute mir in die Augen. Für einige Sekunden hatte ich das Gefühl, dass die Welt aufhörte sich zu drehen und die Zeit stillstand. Regungslos starrte ich Luke an, seine Augenfarbe hatte ein tieferes Schwarz angenommen, als ich je in meinem Leben gesehen hatte. Ich versuchte etwas zu sagen, aber meine Lippen bewegten sich nicht und ich bekam kein einziges Wort zustande. Als ich genauer hinsah, konnte ich erkennen, dass der Bereich um seine schwarze Iris, nicht mehr weiß war, sondern rot unterlaufen. Er atmete schwer und selbst ihm hatte es scheinbar die Sprache verschlagen. Er hob er seine Hand und legte sie auf meine Schulter. Ohne mir in die Augen zu schauen, den Blick auf seine Hand gerichtet, versuchte er die passenden Worte zu finden.

„Für dich wäre es besser gewesen, mich nicht kennenzulernen … so wie ich bin", flüsterte er und schaute zu Boden. Bei jedem Wort, das seinen Mund verließ, kamen zwei spitze Reißzähne zum Vorschein.

Ich versuchte, Luke ein paar Worte entgegenzubringen, aber kein Laut verließ meine Kehle. Ich spürte, wie Luke sich abgrundtief verabscheute. Erst jetzt traute ich mich, sein Gesicht noch genauer zu betrachten. Unter seinen Augen traten zarte Adern hervor, die hell- und dunkelrot seine Haut zeichneten.

Mit sichtbarer Anstrengung schloss Luke seine Augen, während seine Lider unruhig zuckten. Nach wenigen Sekunden verschwanden die Adern, bis die letzte nicht mehr zu sehen war. Als Luke seine Augen öffnete, erblickte ich wieder die hoffnungsvolle grüne Färbung seiner Iris. Fast, als wäre das alles nie passiert. Mit großer Vorsicht erhob ich meine Hände, um Luke über das Gesicht zu streichen. Die Adern, die nicht mehr zu sehen waren, konnte ich nicht mehr ertasten. Jedoch schreckte er bei jeder Berührung zurück. Je länger ich sein Gesicht anfasste, umso quälender brachte Luke seine Atemstöße hervor. Er wendete sich von mir ab.

„Mila, lass es, ich könnte dich verletzen."

Ich nahm sein Gesicht wieder in meine Hände und küsste ihn auf seine Augenlider. Seine Adern traten wieder hervor. Ich ließ von ihm ab. Für mich war es noch schwierig Luke in die Augen zu schauen, aber das wollte ich mir nicht anmerken lassen. Seine Hand begann von meiner Schulter aus zu meinem Hals heraufzuwandern. Ich wusste, ich sollte mich nicht fürchten, da er mir bis jetzt nichts angetan hatte. Ich bemerkte jedoch, wie meine Herzfrequenz sich deutlich erhöhte.

Luke versuchte mir tief in die Augen zu blicken.

„Du kannst deine Angst nicht vor mir verbergen. Du weißt rein gar nichts über mich, vor allem nicht über Vampire. Ich kann deinen Puls hören, wenn er schneller wird. Ich höre jedes Herzklopfen von dir. Deine Atmung wird schneller. Alles deutet darauf hin, dass du Angst verspürst. Also versuch diese nicht vor mir zu verstecken, rede mit mir." Luke baute wieder Distanz zu mir auf.

Alles wurde für mich unglaubwürdiger. Wie ich das verarbeiten sollte, war die Frage des Jahrhunderts. „Kaffee?", fragte Luke und riss mich damit aus meinen absurden Gedanken, in denen mindestens hunderte Fragen auftauchten, die ich ihm noch stellen wollte.

„Ja, gerne", erwiderte ich. Da ergab sich die Möglichkeit etwas mehr über Luke zu erfahren.

Während wir durch das Treppenhaus hinüber zum Café liefen, sprachen wir kein Wort miteinander. Ich hörte das Geräusch von Lukes Schuhen, wie er damit im Gleichschritt hinter mir her schlenderte. Als er mich das letzte Mal zu meiner Wohnung gebracht hatte, kam er mir um einiges näher. Nun hielt er Distanz, als würde er merken, dass ich sie benötigte. Ich musste zugeben, dass ich gerade nervös war. Bei dem Gedanken, zu was Luke fähig war oder zumindest was ich glaubte, zu was er fähig sein könnte, hätte ich lieber einmal mehr hinter mich geschaut. Zwingend hielt ich meinen Blick auf den Weg gerichtet, damit er davon so wenig wie möglich mitbekam.

Luke öffnete mir die Tür des Cafés, wir setzten uns hin und Drake servierte uns beiden einen Kaffee.

Nun erklärte sich, warum ausschließlich ich etwas über mein Leben bei unserem ersten Date preisgeben durfte.

Für die gewöhnlichen Fragen war kein Platz in meinem Kopf. Typisch Mila, fiel ich mit der Tür ins Haus: „Du trinkst wirklich Menschenblut?" Mit einem fragenden Gesichtsausdruck schaute ich auf die Tasse Kaffee, die er mit seinen Händen umschlossen hielt, da es menschlich wirkte, ihn mit einem normalen Getränk zu sehen. Mittlerweile hatten Lukes Augen wieder seine ursprüngliche Farbe angenommen und seine Reißzähne waren ebenfalls verschwunden, doch immer wieder tauchte die Vorstellung davon in meinen Gedanken auf und ich schaffte es nicht, sie in den Hintergrund zu drängen.

„Ja, müssen wir, um zu überleben. Normale Lebensmittel können wir jedoch auch zu uns nehmen. Wir können sie nur nicht verwerten", erklärte er.

„Wenn du sagst wir ... wie viele gibt es denn von euch?"

„Mehr als du wahrscheinlich glaubst."

Seine Worte versuchte er wieder geschickt zu legen. Nur schemenhaft ließ er mich hinter seine Fassade blicken.

„Ich möchte dir für den Anfang nicht zu viel zumuten", wisperte Luke, „nur möchte ich dir etwas nahelegen: Gehe meinem Bruder aus dem Weg. Er kämpft nicht gegen sich selbst an und genießt es, ein Vampir zu sein, was für die Menschen, oftmals mit dem Tod endet."

Zum Ende hin wurde seine Stimme immer energischer.

"DAS war dein Bruder?", fragte ich ungläubig.

Dieser Mensch oder Vampir, wie auch immer, hatte für mich in diesen Sekunden das komplette Gegenteil von

Luke ausgestrahlt. Kopfnickend, aber stumm beantwortete er mir die Frage.

„Warum kommst du mit dem Vampir-Dasein nicht klar?", platzte es aus mir heraus.

Kurz herrschte Stille. Ich sah an Lukes Adamsapfel, wie schwer er schlucken musste. Es war ihm unangenehm und ich bereute im gleichen Moment meine Frage, da ich mir nicht sicher war, ob unsere „Beziehung" diesem Level schon gewachsen war.

„Du musst nicht darüber reden, wenn es dir unangenehm ist", bat ich ihm an. Keine Antwort.

Luke drehte sich von mir weg und kramte in seiner großen Jackentasche. Heraus holte er ein aschfarbenes Buch, das an allen Ecken und Enden zerfleddert aussah. Wie bei einem Drogendeal legte er es vor sich auf den Tisch und schob es kommentarlos zu mir herüber.

„Es ist eines meiner Tagebücher. Hier ist der Zeitraum erfasst, kurz bevor ich ein Vampir wurde und meine Anfangszeit nach der Verwandlung. Vielleicht hilft dir das weiter. Dort steht viel geschrieben, möglicherweise auch abschreckende Dinge oder Situationen, die für Menschen kaum vorstellbar sind. Lies es, wenn du möchtest. Wenn du mich danach immer noch in dein Leben lassen möchtest, kannst du dich bei mir melden, du weißt ja, wo du mich findest. Wenn nicht, wirst du auch nichts mehr von mir hören."

Lukes Predigt ließ mich vor meinem Kaffee verstummen. Wie eine kostbare Reliquie betrachtete ich das Tagebuch. Ohne meine Antwort abzuwarten, nahm er den letzten Schluck aus seiner Tasse und stand auf. Sanft strich er über meine Hand, die die fast leere Kaffeetasse umklammerte und verließ das Café.

Ich wusste, ich würde das Buch lesen, auch wenn es schrecklich werden würde. Die Neugierde siegte in diesem Fall.

Auch ich verließ das Café und begab mich in meine Wohnung. Nachdem ich mich umgezogen hatte, legte ich mich in mein Bett und zog mir die dicke Decke bis zum Hals herauf. Es als Bettlektüre zu betrachten, war albern, aber es nahm mir die Angst vor dem, was ich Neues über Vampire erfahren würde – und über Luke. Somit schlug ich die erste Seite auf und tauchte in Lukes Vergangenheit ein.

25.03.1789:

Heute war es endlich soweit und trotz dessen fühlte ich Angst. Ich mochte um die Hand, der wohl gelehrten Annabelle anhalten. Seit einigen Monaten verbrachten wir unser Leben miteinander - In Liebe muss ich betonen.

Von meinem Vorhaben ließ ich mich nicht abbringen, auch wenn meine Familie glaubte, dass sie nicht die Richtige für mich sei. Ein Treffen mit meiner Schwester Gwen sollte mir Mut machen. Sie sagte, sie besorge den Verlobungsring, damit ich sie auch kenntlich die meine nennen kann.

Bei meinem Glücke wird der morgige Eintrag von einem verlobten Mann geschrieben werden. Wünschet mir großen Erfolg!

Einige Einträge überflog ich kurz. Sie handelten von Luke, der sein Glück mit seiner Verlobten kaum fassen konnte, auch wenn seine ganze Familie gegen die Hochzeit war. Selbst Lukes Schwester war insgeheim dagegen, stellte sich nach ein paar Seiten heraus. Nachdem ich das Buch erst einmal durchblätterte, fand ich einen Eintrag, bei dem das Datum unterstrichen wurde.

10.05.1790:

Mein Glaube in die Welt wurde erschüttert. Dass außer den Menschen noch andere Wesen auf der Welt existieren, war mir bis heute nicht bewusst. Nun bin ich selbst eines von ihnen: ein Vampir.

Vor zwei Tagen, an meinem 25. Geburtstag, wurde ich von meiner Schwester zum Zelebrieren eingeladen und natürlich, um den Verlobungsring, den sie besorgt hatte, entgegenzunehmen. Bei ihr zu Hause wurde mir alles andere, als Freude für Annabelles und meine Zukunft offenbart.

Ihr Dasein als Vampir war mir bis dahin nicht bekannt; verbergen konnte sie es gut. Schon immer hatte sie Kontrolle über sich selbst, aber so etwas zu verbergen, konnte man vermutlich schon als Talent bezeichnen. Über den ganzen Abend hinweg versuchte sie mir die Hochzeit mit Annabelle auszureden, wie es mir alle ausreden wollten. Der Gefallen, sie wolle sich um den Ring kümmern, war ein Vorwand für mein Erscheinen gewesen.

Kurz bevor mir der Kragen zu platzen drohte, wollte ich nach Hause gehen, was Gwen nicht zuließ. Ungläubig sah ich sie an, als ihre Augen sich schwarz verfärbten und einen rot unterlaufenen Rand bildeten, sich ihre Reißzähne offenbarten und sie, ohne Hemmungen, fest in meinen Hals biss. Die Schmerzen waren grausam, kaum auszuhalten.

Nach kurzer Zeit wurde mir schwarz vor Augen und ich sackte zusammen. Es fühlte sich an, wie man sich den Tod vorstellte. Noch immer mochte ich das Gefühl am liebsten verbannen und nie wieder in meinem Körper finden.

Mit gleichstarken Schmerzen erwachte ich. Immer noch lag ich auf dem Boden, wie ein Stück Dreck hatte sie mich verkümmern lassen, ohne ein Zeichen von schlechtem Gewissen.

Als ich mich umschaute, sah ich sie auf einem Stuhl sitzen, sie grinste hämisch und blickte auf mich herab. Sie hielt ein Glas in der Hand, befüllt mit roter Flüssigkeit. Ihre Worte hallen jetzt noch in meinem Ohr. Sie erklärte mir aufgebracht, wie traurig es gewesen war, dass weder Tyler noch ich bemerkt hatten, dass sie zu einem übernatürlichen Wesen berufen worden sei. Es hätte genug Anzeichen dafür gegeben. Sie schrie, knurrte mich an und sagte, dass ich nun selbst zu einem übernatürlichen Wesen werden würde. Sie wollte mich von Annabelle entfernen und dies war für sie in diesem Moment der einzige Weg. Als Monster würde ich sie nicht mehr lange bei mir behalten können, krächzte sie.

Danach stand sie auf und kam auf mich zu. Ich versuchte nur, mich so schnell wie möglich von ihr zu entfernen. Von ihr weg zu kriechen, funktionierte durch meinen geschwächten Körper nur schwerfällig und viel zu langsam.

Mit einer Schnelligkeit kam sie auf mich zu und packte mich an meinem Hemd. Mit einer Hand und unfassbarer Leichtigkeit hob sie mich hoch, sodass ich vor ihr stehen musste. Mein Hemdkragen presste sich tief in die Bisswunde an meinem Hals, ich schrie auf. Ich keuchte vor Schmerz und hing wehrlos in den Händen meiner Schwester.

Ohne ein Wort an mich zu richten, setzte sie das Glas an meine Lippen und zwang mich, zu trinken. Der metallische Geschmack von Blut breitete sich in meinem Mund aus und widerte mich an. Ich versuchte, meinen Kopf in alle Richtungen zu drehen, aber es war zwecklos. Gwen packte nach meinem Kiefer, sodass ich ihn nicht einen Millimeter bewegen konnte. Ihre Finger bohrten sich in meine Wangen, bis der Schmerz durch meine Knochen stieß.

Als das Glas bis auf den letzten Tropfen gelehrt war, ließ Gwen endlich von mir ab.

Mehrmals fragte ich sie, warum sie mir das antat, während mir das restliche zähe Blut von den Mundwinkeln tropfte.

Laut Gwens darauffolgenden Erzählungen musste es mindestens einen Vampir in jeder Generation geben, damit das Übernatürliche an die nächste Generation weitergegeben werden konnte. Auch wenn Vampire ewig lebten, würde diese „Tradition" laut vielen Erzählungen schon seit Ewigkeiten weitergeführt.

Jedoch verspüre sie zurzeit mehrmals sehr schlechte Laune, sie fühle sich allein, brauche jemand Gleichgesinntes.

Somit hatte sie mich allein aus Egoismus verwandelt, damit ich sie nicht auch noch allein lasse und mit meiner Verlobten glücklich werde.

Nach ihrer Erklärung brach sie mir das Genick.

Stunden später erwachte ich und bevor ich mich richtig orientieren konnte, flößte sie mir menschliches Blut ein. Dies war der letzte Schritt, um die Verwandlung abzuschließen.

Auch wenn meine Schwester sehnsüchtig darauf wartete, man sah bereits die pure Freude in ihrem Gesicht, ließ ich sie stehen und rannte davon.

14.05.1790:

Gerade versuche ich alles über meinen neuen Körper, mein neues Leben, herauszufinden. Ich möchte es festhalten, vielleicht ist es jemandem von Nutzen:

Man verspürte sofort, dass man in einem anderen Körper wohnt, auch wenn das äußere Erscheinungsbild gleich scheint. Nachdem Gwen mich verwandelt hatte und ich die Flucht ergriff, war ich von meinem Körper fasziniert. Meine Beine trugen mich mit der Leichtigkeit einer Feder dahin. Noch nie konnte ich mich in einer übernatürlichen Schnelligkeit fortbewegen. Innerhalb weniger Minuten legte ich eine Strecke von mehreren Kilometern zurück, ohne dass es mir etwas ausmachte. Selbst als ich abrupt stehen blieb, zeigte sich keine Abgeschlagenheit, kein winziges Zeichen der Erschöpfung. Kurz darauf entdeckte ich, dass ich den Willen der Menschen beeinflussen konnte. Ähnlich wie bei einer Hypnose ließen sie meinen Willen über sich ergehen.

Für mich fühlte es sich an, wie eine Befreiung aus dem trägen menschlichen Körper. Dabei erkannte ich erst nach ein paar Tagen viel grausamere Fesseln.

Nachdem wenige Tage verstrichen waren, meldete sich der erste Hunger bei mir. Viele Versuche, diesen mit gewöhnlichen Lebensmitteln zu stillen, scheiterten. Viele weitere Versuchungen mit dem Essen misslungen, bis ich über den Tag meiner Verwandlung nachdachte. Gwen hatte mich in meinen Hals gebissen und mit größtem Verlangen das Blut herausgesaugt.

Das Bild des angerichteten Blutbades auf meinem eigenen Körper ließ mir schlagartig das Wasser im Mund zusammenlaufen.

Das erste Mal in meinem neuen Körper fühlte ich, wie mein Puls seine Schlagzahl erhöhte. Ich spürte, wie sich weitere Zähne ihren Weg durch mein Zahnfleisch bahnten und das Blut in meinem ganzen Körper pulsierte. Meine Sehkraft verstärkte sich zunehmend wie bei einem Raubtier, das seine Beute vor sich sitzen hatte. Es musste an den Adern liegen, die sich unter meinen Augen gebildet hatten. Sie versorgten die umliegenden

Gefäße mit mehr Blut, was ich bei jedem Herzschlag, der es durch den Körper drückte, spürte.

Im nächstgelegenen Spiegel betrachtete ich mein Gesicht und realisierte, dass mein Gesicht Gwens ähnelte. Meine Augen und mein Mund waren nicht mehr die eines Menschen.

Der Gedanke an das menschliche Blut hatte sich nun in meinem Kopf verankert. Die Versuche, mich mit etwas anderem zu abzulenken, scheiterten kläglich.

Es vergingen nur wenige Stunden, bis ich meinem Hunger nachgab. Lediglich einen kleinen Tropfen wollte ich kosten, wonach mein Körper jedoch sofort mehr verlangte. Ich konnte mich meinem Verlangen nicht mehr entgegenstellen, bis der erste menschliche Körper, den ich aus Lust aufgetrieben hatte, nach wenigen Minuten leblos zu Boden sackte.

Ich konnte meine plötzlich aufwallenden Gefühle nicht mehr kontrollieren. Es fühlte sich an, als würden sie in einem großen Schwall auf mich hereinbrechen.

Auf die Euphorie des Blutrausches folgte sofort Trauer über die Tat, die ich begangen hatte. Gleichzeitig erfüllte mich Wut über meine Existenz und es folgte das Verlangen nach mehr Blut.

Der Teil meines noch menschlichen Gewissens predigte mir, dass es falsch war, Menschen zu verletzen oder gar zu töten. Der Drang zu überleben war jedoch stärker. Es war ein Teufelskreis, aus dem ich nicht mehr ausbrechen konnte – der mich von nun an beherrschen sollte.

Kapitel 11: Mila

Als sich die Sonne ihren Weg durch mein Fenster bahnte, schlug ich Lukes Tagebuch zu. Begreifen konnte ich das alles noch immer nicht. Mittlerweile gingen mir noch tausend weitere Fragen durch den Kopf. Jedoch stand für mich eines fest: Ich wollte Luke besser kennenlernen und ja, ich wollte mit ihm zusammen sein - es zumindest versuchen.

Ich hatte das Buch nur bis zur Hälfte gelesen, aber Weiteres würde sich vermutlich im Laufe der Zeit ergeben.

Mein Handy zeigte immer noch verpasste Anrufe von meiner Mutter und Jenna an. Ich beschloss beide zurückzurufen, zu beschwichtigen und dann zu Luke zu fahren.

Nachdem ich Besagtes erledigt hatte und aus einer erfrischenden Dusche stieg, beobachtete ich mich im Spiegel: Ich sah müde aus, hatte tiefe dunkle Augenringe und ich war noch blasser als die Packung Weizenmehl in meiner Küche. Deshalb versuchte ich mit Make-Up noch etwas zu retten. Es dauerte eine Weile, aber so konnte ich unter Leute treten, ohne jemanden zu erschrecken.

Unterwegs bestätigte ich meinem Chef per Telefon noch meinen Urlaub, den ich ab dem morgigen Tag beginnen wollte. Glücklicherweise hatte ich am Anfang des Jahres durchgearbeitet, sodass mir meine gesammelten Urlaubstage für das Ende des Jahres blieben. Den Gedanken, dass Luke oder sein Bruder für die anderen Mordfälle verantwortlich sein könnten, wollte ich in meinem

Kopf in die hinterste Ecke verfrachten. Das brachte mich erst recht dazu, Urlaub zu nehmen, um Abstand zu den Vorfällen zu gewinnen.

Wie auch das letzte Mal kribbelte es in meinem Bauch, als ich vor Lukes Haus fuhr. Diesmal zerriss es mich von innen, denn ein großer Teil von Besorgnis hatte sich zu meinen warmen Gefühlen gesellt. Ich beeilte mich auf dem Weg zur Haustür, ich wollte die Aufregung endlich hinter mich bringen.

Ich klopfte und es dauerte ewig, bis jemand die Tür öffnete.

Zu meinem Entsetzen war es nicht Luke. Es war sein Bruder, bei dessen Anblick mir sofort ein eiskalter Schauer über den Rücken lief. Erfolglos versuchte ich Begrüßungsworte zu finden.

„Keine Angst, ich tue dir nichts. Sonst würde mein Bruder mich umbringen", sagte er und verdrehte zeitgleich die Augen. Ohne mich wirklich hereinzubitten, verschwand er von der Tür - innerhalb einer Sekunde. Das musste diese „Vampirgeschwindigkeit" sein, von der ich in Lukes Tagebuch gelesen hatte.

Ich trat ein und schaute mich um, denn die Gelegenheit wurde mir während des letzten Besuches nicht ermöglicht. Staunend begutachtete ich das große, offene Haus. Prachtvoll, aber nicht protzig. Bekannte Gemälde von Van Gogh und anderen Künstlern zierten die Wände. Vor mir sah ich das Wohnzimmer, in dem antike Bücherregale die Wände hochragten, die stellenweise mit silbernen Ranken verziert waren. Insgesamt schienen die Möbel aus dem letzten Jahrhundert zu stammen, was sie wundervoll und hochwertig zugleich wirken ließ.

Langsam näherte ich mich der Raummitte und setzte mich auf eine schwarze Ledercouch. Wenn ich versuchen würde, Luke in diesem Haus zu suchen, wäre ich vermutlich mehrere Tage beschäftigt und somit beschloss ich zu warten.

Mehrmals schaute ich auf die Uhr, ich konnte es nicht abwarten, ihn wiederzusehen. Nachdem ich meine Augen zum vierten Mal durch den Raum schweifen ließ, sah ich seinen Bruder auf mich zukommen.

„Willst du einen Drink?", fragte er, netter als erwartet. Ich antwortete mit einem Nicken. Wahrscheinlich würde ich sofort angeheitert sein, aber da ich mich in einem Haus voller Vampire befand, schien diese Option nicht die schlechteste zu sein.

Kurzerhand schüttete er mir ein halbes Glas mit einem leicht goldfarbenen alkoholischen Getränk ein. Vermutlich Bourbon, wenn ich raten sollte.

„Danke", konnte ich endlich in einem normalen Ton hervorbringen. Er setzte sich auf den Sessel, der von mir nicht weit entfernt stand und schüttete sich ebenfalls ein Glas ein. Das bot mir die Gelegenheit, ihn genauer zu betrachten. Im Gegensatz zu Luke hatte er schwarze kurze und wild durcheinander liegende Haare. Seine Augen strahlten in einem tiefen Blau, was mich beeindruckte. Genauso wie Lukes zierte auch sein Gesicht einen Drei-Tage-Bart. Er schien größer zu sein als Luke, jedoch ähnelte sich der Körperbau der beiden Brüder sehr. Beide waren schlank, aber trotzdem muskulös.

„Und, wundert es dich, dass ich nicht glitzere?", scherzte er ironisch. Lächelnd schaute ich ihn an.

„Ich dachte eher, dass ich dich mit Knoblauch verjagen kann", konterte ich.

Auch bei ihm zeichnete sich ein leichtes Lächeln ab, was ihm wirklich gut stand.

„Mein Bruder wünscht sich das wahrscheinlich auch", sagte er, während er aufstand und den Raum verließ. Kurz bevor er sich außer Sichtweite begab, drehte er sich geschwind um.

„Ich bin übrigens Tyler, für den Fall, dass es dich interessiert." Während er lief, drehte er mir den Rücken zu und verschwand im nächsten Zimmer.

Hinter ihm sah ich Luke kommen.

Er setzte sich wortlos neben mich. Es beunruhigte mich, da ich an seinem Blick weder etwas Gutes oder Schlechtes erahnen konnte. Er setzte einfach das professionelle Pokerface auf.

„Du bist hier?", hauchte er nach kurzem Schweigen, „Ich hatte anderes erwartet."

Seit seiner Offenbarung schien er mir abgewandt. Bevor ich es vergaß, holte ich sein Tagebuch aus meinem verranzten Rucksack und hielt es ihm hin.

„Danke", flüsterte ich.

„Du bedankst dich dafür, etwas über die schlimmsten Zeiten in meinem Leben erfahren zu haben?", fragte er und brachte das Buch zurück in eines der großen dunklen

Eichenholzregale. Das hieß, dass die Zeiten sich gebessert haben.

„Jeder hat Kapitel in seinem Leben durchlebt, die man nicht laut vorlesen möchte. Sie anderen zu zeigen, ist ein großer Schritt." Stolz, ein paar Worte zustande bekommen zu haben, stand ich auf und fing an, mich umzuschauen. Die Situation wurde unbehaglicher für mich. Etwas Bewegung würde die Situation auflockern, dachte wohl auch Luke und stellte sich kommentarlos vor mich. Mit einem kleinen Handzeichen deutete er mir an, dass ich ihm folgen sollte und er zeigte mir nach und nach den Weg zu den einzelnen Zimmern.

In seinem Schlafzimmer angekommen, schaute ich mich genauer um. Bilder oder persönliche Gegenstände sah ich kaum, generell war das Zimmer eher schlicht, wenn nicht sogar trist, eingerichtet. Die vier Wände waren alle in Weiß gehalten, was den Raum noch kühler wirken ließ. Ein großes Boxspringbett stand in der Mitte des Raumes und nahm fast den ganzen Platz im Zimmer ein. Seine Bettdecke war akkurat bis zur letzten Falte ausgestrichen und lag perfekt gefaltet auf seiner Matratze. Vorsichtig strich ich mit einem Finger im Vorbeigehen darüber. Selbst dieses Geräusch hörte ich, da im Schlafzimmer eine unangenehme Stille herrschte und Luke wortlos hinter mir lief.

Als ich mich zu ihm drehte, schaute ich in sein angespanntes Gesicht.

„Was ist los? Sollte ich nicht hier drin sein?", brachte ich vorsichtig hervor. Ich hoffte, nicht seine Privatsphäre verletzt zu haben.

„Das Problem ist, dass du überhaupt hier aufgetaucht bist. Du hast mein Tagebuch gelesen, du weißt, wie ich sein kann."

Nach diesen Worten verstummte er.

Vielleicht hatte er recht, jedoch würde es mir schwerer fallen ihn nicht zu sehen, als mich dieser Gefahr auszusetzen.

„Versteh mich nicht falsch, du weißt, ich will dich genauso sehr. Ich muss mich zurückhalten, dich gerade nicht zu wollen ..."

Es fiel ihm schwer diesen Satz zu beenden.

„Halt dich nicht zurück, bitte", bot ich ihm an und setzte mich auf sein Bett. Einladend klopfte ich mit meiner Hand neben mich aufs Bett, da Luke sich in den Eingang gestellt hatte, um Distanz zwischen uns zu wahren.

Langsam kam er auf mich zu und setzte sich. Er atmete schwer und seine Anstrengung schien ihm ins Gesicht geschrieben. Unerwartet fasste er um meine Hüfte und zog mich näher an sich heran. Ich spürte, mit was für einer Leichtigkeit er es tat.

Fest legte er seine Lippen auf meine und begann mich gierig zu küssen. Innerlich spürte ich Wärme in mir aufsteigen, die mir ein Gefühl von Vertrautheit gab. Meine Lippen erwiderten seine eifrigen Küsse. Sein Verlangen schien noch stärker als die letzten Male.

Abermals entfuhr ihm ein lustvoller Seufzer und seine Finger packten meine Hüfte fester und gruben sich in meine blasse Haut. Ich musste zugeben, dass es mir nur noch mehr Lust auf ihn bereitete.

Plötzlich schaute ich in sein Gesicht, ich lag auf dem Rücken unter Luke, der mich mit seinem unverschämten Blick angrinste. An dieser Schnelligkeit könnte ich Gefallen finden, schwirrte es in meinem Kopf herum, während Luke wieder seine Lippen auf meine legte.

Meine Hände wanderten langsam an seiner Hüfte herab, die sich perfekt an die Silhouette meines Körpers anpasste. Seine Hände wanderten zu meinem Oberteil, das er abrupt in der Mitte durchriss. Vermutlich entglitt mir in dieser Sekunde mein Gesichtsausdruck, da ich mit diesem Schachzug nicht gerechnet hatte. Ich legte ein Grinsen auf, um nicht blöd dazustehen.

Seinen Mund schmiegte er anschließend auf meinen Rippenbogen, von da an streifte er mit seinen zarten Lippen meine Haut, bis er an meinem BH endete. Seine Gesten ließen mich schwerer atmen. Das schien Luke nur noch besser zu gefallen; seine Berührungen wurden intensiver und gewagter.

Auch seine Atmung wurde schwerer, je näher er meinem Hals kam. Ich musste an seine geschriebenen Worte denken, wie groß sein Verlangen durch das Geräusch des schlagenden Pulses wurde. Es wäre ein Rausch, sich zurückzuhalten kaum möglich. In diesem Moment verspürte ich keine Angst, nur Ehrfurcht.

Luke verharrte an meinem Hals. Er hielt einfach nur inne. Ich blickte an mir herunter und plötzlich sah ich es: seine schwarzen Augen, rot unterlaufen. Seine Vampirzähne, die von nahem noch gefährlicher aussahen. Mit etwas Abstand konnte ich einen Blick darauf werfen, sie in meiner Nähe zu haben, ließ mich schlucken. Als Luke meine Blicke bemerkte, hob er seinen Kopf und richtete sich auf.

„Wir dürfen nicht zu weit gehen, vorerst nicht", keuchte er. Mit dem Luke, über den ich die letzte Nacht einiges gelesen hatte, hatte das hier nichts mehr zu tun. Die Gier, die durch mein Blut schwer zu unterdrücken war, war ihm zwar anzumerken, jedoch wirkte er noch beherrscht. So, als wäre es für ihn nur eine kleine Hürde in der Nähe meines Halses zu verweilen. Damals war ihm das nicht so leichtgefallen.

Nun lagen wir nebeneinander. Ich, mit meinem zerrissenen Shirt und Luke schwer atmend im monströsen Bett, das nicht mehr anständig aussah.

„Wie viele Menschen hast du getötet?", wollte ich von ihm wissen, auch wenn ich Angst hatte, dass er sie nicht mehr zählen konnte.

„Was denkst du?"

Gedacht hatte ich in diesem Moment viel, nur wollte ich es nicht laut aussprechen.

Luke erhob sich und schritt durch das Zimmer.

„Sprich es ruhig laut aus. Wir sind schreckliche Kreaturen, denen man nicht begegnen möchte, wenn wir hungrig sind. Es kommt nicht darauf an, wie viele Menschen man getötet hat, sondern wen man getötet hat ..."

Seine Worte blieben mir im Hals stecken, denn sie verließen seinen Mund mit großer Trauer.

Ich blinzelte und Luke verschwand, ohne mich etwas erwidern zu lassen.

Na super Mila, hättest du nicht deine Klappe halten können?!

Gerade die nächsten Tage waren nicht einfach für Luke und mich. Für ihn schien es gewöhnungsbedürftig zu sein, dass ein Mensch freiwillig in seiner Nähe sein wollte - auch wenn ich wusste, dass er ein Vampir war.

Immer wieder stieß er mich von sich weg und versuchte mich auf Abstand zu halten, vor allem dann, wenn wir uns näherkamen.

Jedes Mal, wenn es dazu kam, dass er mich abwies, empfand ich es als meine Aufgabe ihm zu zeigen, dass er mich nicht abweisen brauchte. Seine schwarzen Augen wurden mir immer vertrauter, je öfter ich in sie hineinblickte. Für mich war es wie ein tiefer Einblick in seine Seele. Wenn ich in sie hineinschaute, konnte ich seine verstärkten Emotionen beinahe selbst fühlen: seine Lust, eine Welle an warmer Begierde und Glück.

Nur kurz bevor er mich zurückwies, kippten diese Gefühle. Sie entwickelten sich zu Anspannung, strikter Kontrolle und Selbstbeherrschung. Und letztendlich vor allem Trauer und Wut - über das was er war und nicht ändern konnte, zu sein. Doch jedes weitere Mal, als ich in seine Augen blickte, fiel es mir leichter, es zu akzeptieren. Immer seltener erschreckte ich mich davor, nicht mehr den Menschen, sondern den Vampir vor mir zu sehen. Und so arbeiteten wir daran, eine Beziehung zu führen, ohne ständig Abstand voneinander nehmen zu müssen.

Kapitel 12: Mila

Zwei Wochen von meinem Urlaub waren noch übrig. Da ich die letzten Wochen oftmals ehrenamtlich im Außendienst der Blutspende gearbeitet hatte, ergab sich nicht viel Zeit zu zweit für Luke und mich. Wenn wir uns trafen, war ich glücklich und trotz der ganzen Vampirsache fühlte ich mich geborgen bei ihm.

Oft trafen wir uns allein in seinem Schlafzimmer, da es Tyler nicht gefiel, dass sein Bruder mit einem Menschen Zeit verbrachte, ohne ihn als Mahlzeit zu verzehren.

Als ich an einem späten Oktobertag aus dem Fenster schaute, verschwand die Sonne unter dem Horizont in einem wunderschönen Abendrot. Verträumt schaute ich Luke an, der es sich in seinem Bett gemütlich gemacht hatte. Mein Gesicht errötete, da ich diesen Anblick zu lange genossen hatte.

Luke grinste und kam zu mir ans Fenster. Seine Hand griff nach meiner. Diese Momente ließen mein Herz immer schneller schlagen.

„Du musst bald los, Mila. Deine Familie wartet bestimmt schon", hauchte er mir ins Ohr.

In meinem Bauch breitete sich ein unwohles Gefühl aus. Ich hatte mir eine der beiden Urlaubswochen aufgespart, um zusammen mit Jenna meine Familie zu besuchen.

In Gedanken ging ich mein Gepäck durch, sodass ich auch nichts zu Hause vergessen würde.

„Mila … ich wünsche dir viel Spaß und pass auf dich auf, ich will dich nicht verlieren", sagte Luke zum Abschied. Bis jetzt hatte sich noch keiner von uns getraut, diese vertrauten Worte über die Lippen zu bringen.

„Bis bald. Ich will dich auch nicht verlieren", flüsterte ich ihm ins Ohr, nachdem ich sanft seinen Hals küsste. Es fühlte sich richtig an, ihm diese Worte zu erwidern.

Während ich mich zur Tür begeben wollte, zog Luke mich mit einem Ruck um meine eigene Achse und presste mich auf sein Bett. Auch er liebkoste meinen Hals. Seine zarten Lippen lösten mein Verlangen nach ihm aus. Da wir uns ab einem bestimmten Punkt immer zurückhalten mussten, wurde auch meine Begierde nach ihm jeden Tag stärker. Mit beiden Händen packte ich in seine Haare, um meine Finger darin zu vergraben. Ausnahmsweise trug Luke seine Haare offen, was ihn für mich noch anziehender wirken ließ. Seine Lippen streiften meinen Körper immer weiter nach unten. Diesmal zog er meine Bluse vorsichtig über meinem Kopf, ohne sie zu zerreißen. Danach folgten seine Finger, sie verweilten auf meinen Brüsten. Glücklicherweise hatte ich meinen schwarzen Spitzen-BH heute Morgen angezogen. Er formte meine Brüste und ließ sie, zugegeben, sehr sexy aussehen.

Ohne Luke vorzuwarnen, drückte ich ihn von meinem Körper herunter und setzte mich mit Schwung auf ihn drauf. Er richtete seinen Oberkörper auf und wir schauten uns für kurze Zeit tief in die Augen. Da war sie wieder – diese Verbundenheit zwischen uns. Lange konnten wir nicht tatenlos in der Position verweilen, denn die Lust aufeinander siegte. Ich presste meine Lippen auf seine und streifte ihm sein T-Shirt über den Kopf. Ich wollte nichts mehr, als seine nackte Haut spüren. Die Muskeln seines Oberkörpers zeichneten sich bei jeder Bewegung ab. Wir drückten unsere Körper fest aneinander und ich begann, meine Hüfte auf ihm zu bewegen. Kurz hielt Luke inne und schaute mir schwer atmend in meine Augen. Es waren zuvor die Momente gewesen, in denen Luke alles abgebrochen hatte, da er sonst die ganze Kontrolle über sich verloren hätte. Diesmal schien es zu spät zu sein. Luke griff energisch an meine Hüfte und zog mich noch näher an sich. Während seine Lippen sich wieder meinem Oberkörper widmeten, öffnete er mit einer Hand meinen BH und legte meine Brüste frei. Überrascht betrachtete er sie. Beide Brustwarzen waren mit einem Piercing versehen. Behutsam knetete er meine Brüste. Ab und an ließ er seinen Daumen über meinen gepiercten Brustwarzen streichen, was uns beide sofort aufstöhnen ließ. Meine Hüftbewegungen wurden immer schneller und intensiver. Wir stöhnten im Rhythmus meiner Beckenbewegungen und konnten es nicht mehr unterdrücken. Obwohl wir beide unsere Hosen noch trugen, spürte ich, wie Lukes Glied steif wurde. Immer und immer wieder rutschte ich über ihn. Mit meiner Hose konnte er sich nicht mehr zurückhalten; Luke setzte mich mit Leichtigkeit auf dem Bett ab und zog an beiden Seiten der Hosenbeine, sie ratschten in zwei Teile.

Derweil Luke sich vor der Bettkante platzierte und sich seiner Hose entledigte, spürte ich, wie ich innerlich stark pulsierte. Luke zog seine Boxershort aus, sodass er vollständig nackt vor mir stand. Ich konnte meine Augen nicht von seinem Glied wenden, das sich prachtvoll in die Höhe streckte. Bevor sich Luke wieder auf mich stürzen konnte, setzte ich mich an die Bettkante und begann ihn bauchabwärts zu küssen. Er stöhnte lustvoll. Je näher ich seinem Schaft kam, umso lauter wurde er. Ich bemerkte, wie er vor Erregung zusammenzuckte.

„Oh Gott, Mila", ächzte Luke lautstark. Nun grub er seine Finger in meine feurige Mähne. Auch ich spürte, wie feucht ich wurde, je mehr ich mich um Lukes Gemächt kümmerte. Um ihn zu quälen, fuhr ich mit meiner Zungenspitze über seinen Schaft. Luke atmete immer schneller. Um ihm die Anspannung zu nehmen, ließ ich endlich seinen Penis in meinen Mund gleiten. Tief tauchte er ihn immer wieder in meinen Mund hinein und hinaus. Nach ein paar Bewegungen zuckte er einige Male kräftig. Luke zog ihn aus meinem Mund und schaute mich gequält an.

Sein Blick veränderte sich nach kurzer Zeit und die Iris nahm die tiefe schwarze Färbung an. Die Muskeln in seinem Nacken versteiften sich und er richtete sich auf.

„Leg dich hin!" Seine Stimme hatte einen mächtigen Unterton. Seine aufkommende andere Seite veränderte ihn schlagartig. Einerseits ließ mich sein Befehlston innerlich zusammenschrecken, andererseits bereitete es mir noch mehr Lust, so kontrolliert zu werden. Luke kniete sich vor meine Beine, die knieabwärts an der Bettkante herunterhingen. Ich spürte, wie diesmal nicht seine

Lippen, sondern seine Zähne meine Oberschenkel streiften, bis sie an meinem schwarzen Tanga ankamen. Geradewegs schaute ich an mir herunter, während Luke plötzlich meinen Tanga mit seinen Zähnen zerbiss. Jetzt befanden wir uns beide nackt auf seinem Bett. So weit hatten wir es bis heute nie kommen lassen.

Er legte sich gänzlich über mich, dabei spürte ich seinen harten Penis zwischen meinen Beinen. Sein düsterer Blick versuchte meinem Blick standzuhalten, aber lange schaffte Luke es nicht. Er war voller Lust und Verlangen. Zuvor hatte er mich bei jedem Schritt um Erlaubnis gefragt, doch diesmal war es anders. Ohne weitere Worte zu verlieren, drückte er meine Oberschenkel auseinander und steckte sein steifes Glied in mich hinein. Ich stöhnte lustvoll. Sein Penis füllte mich vollends aus. Er führte ihn so schnell ein, dass er wie wild in mir pulsierte. Als ich meine Hände auf Lukes Hüfte legen wollte, griff er blitzschnell nach ihnen und drückte sie fest neben meinem Körper auf das Bett.

„Halt ruhig!", zischte er.

Mir blieben weitere Worte im Hals stecken. Es hatte einen Grund, dass Luke diesen Schritt so lange abgeblockt hatte. Sein Verlangen kontrollierte ihn. Luke führte seinen Penis immer schneller und fester in mich hinein. Seine Art schockierte mich in diesem Moment, jedoch musste ich zugeben, dass ich Sex noch nie auf diese Weise erlebt hatte. Je schneller Luke seine Bewegungen ausführte, umso lauter stöhnte ich. In so einer verdammten Schnelligkeit hätte das kein Mensch geschafft.

„Gib es mir fester, Luke!", schrie ich ihn an. Das ließ er sich nicht zwei Mal sagen. Seine Hand löste sich von meinem Handgelenk und umfasste meinen Nacken. Er verschaffte sich mehr Halt, um seinen Phallus mit viel Kraft in mich zu stoßen.

„Oh ja, oh ja …", krächzte Luke, je länger er sich in mir bewegte. Ich spürte jeden seiner tiefen Atemzüge an meinem Hals, denn sein Kopf verweilte im Bereich meiner Schulter. Es dauerte nicht mehr lange, dass sah ich Luke an. Ich spürte seinen Penis schon kraftvoll in mir zucken, als ich urplötzlich von einem starken Schmerz an meinem Hals überrascht wurde. Diesmal schrie ich vor Schmerz und nicht aus Lust. Luke hatte mich gebissen. Seine Zähne verweilten immer noch an meinem Hals und ich bemerkte, wie das warme Blut rasant aus meinem Körper floss. Dabei unterbrach Luke seine Bewegungen nicht, vielmehr wurden sie noch wilder als zuvor. Es fühlte sich an, als würde es für Luke zum Höhepunkt dazugehören. Er stöhnte gedämpfter, da er mit meinem Hals beschäftigt war, jedoch spürte ich, wie es immer intensiver wurde. Ich stöhnte und atmete den Schmerz weg, soweit es möglich war und versuchte mich weiterhin auf den Sex zu konzentrieren. Trotz der Schmerzen war meine Erregung noch da.

Kurz vor dem Ende nahm Luke spürbar mehrere große Schlucke meines Blutes und beschleunigte sein Tempo nochmals. Nun war es um mich geschehen. Innerlich pulsierte ich unaufhörlich. Mein Höhepunkt war nicht mehr zu unterdrücken und der Orgasmus zog mich vollends in seinen Bann. Die Schmerzen wurden von ihm für einen kurzen Moment blockiert. Mein ganzer Körper zuckte, während auch Luke kurz vor seinem Höhepunkt stand.

Während meines Orgasmus verengte sich alles in mir, sodass ich noch enger wurde als zuvor. Das schien der Auslöser für Lukes Orgasmus zu sein. Seine Lenden verkrampften sich bei den letzten Stößen immer mehr und sein Penis pulsierte kräftig in mir.

Für einen kurzen Moment stellte er das Blutsaugen ein, keilte seinen Biss aber dafür noch fester in meinen Hals.

Sein Orgasmus ließ auch mich noch einmal zusammenzucken.

Es dauerte noch ein paar Minuten, bis Luke seine Zähne aus meinem Hals zog. Sein Kopf lag immer noch an meiner Schulter und er sagte kein Wort zu mir. Sein Körper bebte und er atmete schnell und flach.

Allmählich sah ich kleine schwarze Punkte vor meinen Augen hin und her tanzen. Es musste eine Menge Blut aus meinem Körper geflossen sein, denn mein Herz schlug ebenfalls schwach.

„Luke?", flüsterte ich in sein Ohr. Keine Reaktion.

Ich versuchte meinen Körper unter ihm zu winden, um in seine Augen schauen zu können.

Als er von mir abließ, erkannte ich den „anständigen" Luke kaum wieder. Ich sah das Monster, das er mir niemals zeigen wollte, von dem er oft genug erzählt hatte. Seine Augen erstrahlten immer noch in tiefem Schwarz. Es war dasselbe Schwarz, das auch seine Seele widerspiegelte. Er atmete schwer. Sein starkes Verlangen schien zu schwinden. Seine Fäuste fest geballt, mit starrem Blick auf seine selbst zugefügte Bisswunde gerichtet, konnte ich direkt in sein Inneres blicken: Zerbrechlichkeit, Trauer und Wut zeigten sich mir, auch wenn sein äußeres Erscheinungsbild diese Eigenschaften am liebsten versteckt halten würde.

Millimeter für Millimeter rann das feuchte Blut seine Mundwinkel herunter, bis es letztendlich auf das helle Bettlaken tropfte.

Für mich war die rote Farbe des Blutes eine warme Farbe. Ich verband sie mit Wärme, Freude und Leidenschaft. Andere verbanden sie mit Energie, Liebe und Erotik; nur Luke nicht. Das Blut, das rauschend durch die Adern der Menschen floss, sie leben ließ, bedeutete für ihn Verlust, Verlangen und Verdrossenheit. Die Ironie in der Allegorie, die für die einen das Leben und für die anderen den Tod bedeutete, ließ sich kaum in Worte fassen. Genauso wenig wie die Qual, die er ungewollt ausstrahlte.

Seine Atmung beruhigte sich. Quälend langsam leckte er sich einmal über seine Reißzähne. Sein Leben symbolisierte für viele andere den Tod. Für mich bedeutete er jedoch abseits von Verlust, Verlangen und Verdrossenheit nämlich Liebe, Lust und Leidenschaft.

Ohne ein Wort von sich zu geben, schaute Luke mir tief in die Augen. Und wieder sah ich das Monster, das er mir niemals zeigen wollte. Doch wusste ich, dass ich sein Anker war. Der Anker zu Lukes Liebe, seiner Lust und

Leidenschaft, der einen kleinen Teil seiner selbst immer vor dem Absturz retten wird.

Während ich blinzelte, verspürte ich einen Windhauch, der mir Lukes Verschwinden ankündigte. Ich hasste es, wenn er das tat.

Nicht weit entfernt hörte ich Wasser plätschern. Mit letzter Kraft schleppte ich mich in eines der großen Badezimmer, wo ich Luke vorfand. Mehrmals schmiss er sich reichlich Wasser ins Gesicht, um das restliche Blut verschwinden zu lassen. Das Gemisch aus Blut und Wasser rann seinen Hals, bis zu seiner nackten Brust hinunter.

„Ich wusste, warum ich es die ganze Zeit verhindert hatte", zischte er mit hasserfüllter Stimme.

„Es ist okay", flüsterte ich. Selbst meine Stimme fühlte sich geschwächt an. „Ich habe mich für ein Leben mit einem Vampir entschieden, ich wusste, worauf ich mich einlasse."

Ich versuchte Luke mit meinen Worten das schlechte Gewissen zu nehmen, auch wenn es eine Lüge war. Ich wusste nicht, worauf ich mich eingelassen hatte.

Luke öffnete eine Schublade unter dem Waschbecken und holte eine Packung Rasierklingen hervor. Gespannt schaute ich ihn an. Vorsichtig holte er eine einzelne Klinge aus der Packung und ließ sie zwischen seinen Fingern hin und her wandern. Natürlich interessierte es mich, was er damit vorhatte, jedoch verschaffte mir mein Kreislauf gerade Probleme. Mein Körper fühlte sich an, als wäre ich in Watte gehüllt. Die Schmerzen waren nicht mehr stechend schrill, sondern stumpf und drückend. Ich war kurz davor die Kraft in meinen Beinen zu verlieren und zusammenzusacken.

Plötzlich spürte ich, wie sich etwas Warmes an meinen Mund drückte. Die nach Eisen schmeckende Flüssigkeit breitete sich langsam in meinem Mund aus. Schon nach kurzer Zeit war ich bei Sinnen.

Es war sein Blut, das er mir einflößte. Langsam nahm ich auch meine Umgebung wahr.

Im hellen Badezimmer erstreckten sich Blutlachen über dem Boden. Vermutlich gehörte das meiste davon zu mir. Im Augenwinkel konnte ich auf dem Waschbecken die verschmierte Rasierklinge erkennen. Das Blut, das die Klinge überzog, war um einiges dunkler als meines.

Luke ließ sein Handgelenk abrupt von meinen Lippen ab. Unter fließendem Wasser spülte er sich die fast schwarze Flüssigkeit ab.

Überraschenderweise war die Wunde schon nach wenigen Sekunden verschwunden.

Ich näherte mich ebenfalls dem Waschbecken, um mich zu säubern. Soweit ich es erahnen konnte, verfügte ich wieder über meine gesamte Kraft. Das musste die Wirkung von Lukes Blut sein.

Ich erstarrte beim Anblick im Spiegel, der über dem Waschbecken platziert war. Halsabwärts war mein Körper in meinem eigenen Blut getränkt. Ich war noch blasser als sonst, denn das stechend rote Blut betonte meine Haut.

Luke nahm ein in Wasser getränktes Handtuch und wischte mir vorsichtig das Blut von meiner Haut.

Sogar die klaffende Bisswunde an meinem Hals war verschwunden.

Sanft fuhr Luke über meine Schultern. Im Spiegel sah er mir in die Augen.

„Es wird nie wieder vorkommen, ich verspreche es dir", wisperte er, jedoch in einem strengeren Tonfall.

Bevor ich nur meine Stimme erheben konnte, gab Luke mir ein Zeichen, es einfach bei seinem Versprechen zu belassen.

Luke verschwand wieder in seinem Schlafzimmer.

Nachdem ich mir selbst mein Gesicht mit etwas Wasser beträufelt hatte, folgte ich ihm. Sein Körper war nun wieder mit einem schwarzen Hemd und einer hellgrauen Jeans bestückt. Er wühlte in den Tiefen seines Kleiderschrankes, bis er ein leichtes weißes Kleid herauszog. Es war ein langes Sommerkleid, dessen Ärmel fast transparent waren. Kleine, dunkelblaue Blumen waren kreuz und quer auf das Kleid gestickt. Es war wunderschön.

„Es hat einmal meiner Schwester Gwen gehört und es hat mich immer an die guten Zeiten mit ihr erinnert. Bis jetzt konnte ich mich noch nicht davon trennen. Probiere es an, es sollte passen.", rief Luke mir zu, während er die Fetzen meiner zuvor getragenen Kleidung auf dem Boden betrachtete.

Nach der Anprobe musste ich Luke recht geben, es passte wie angegossen. Feinfühlig schloss Luke den Reisverschluss, der sich über den ganzen Rücken des Kleides erstreckte.

Als er mich vor einen Spiegel in dem Zimmer begleitete, fesselte mich der Anblick darin sofort.

„Die Blumen sind atemberaubend!", brachte ich erfreut hervor.

„Ich hoffe, deine Eltern sehen das genauso."

Wahrscheinlich wartete Jenna schon viel zu lange auf mich, stellte ich erschüttert fest. Ich hatte den Trip schon wieder vergessen.

Mit einem Kuss verabschiedeten wir uns voneinander, ohne noch einmal über den heutigen Tag zu sprechen.

Kurze Zeit später machte ich mich auf den Weg zu Jenna. Die Autofahrt verging wie im Flug, da ich ihr im Detail alles von meinem neuen Freund erzählen musste, auch wenn sie wahrscheinlich die Hälfte schon einmal gehört hatte.

Innerlich machte es mich fuchsig, dass ich ihr die geheimnisvolle andere Seite von Luke vorenthalten musste. Es war schwierig für mich, das Geheimnis für mich zu behalten, denn normalerweise konnte ich Jenna alles erzählen.

Doch manchmal sollte man seine Geheimnisse für sich behalten und die Schwelle zwischen Realität und Fantasie anderer Menschen nicht zerstören.

Kapitel 13: Luke

Unterbewusst hörte ich immer wieder ein Geräusch. Es hörte sich an wie kleine Schläge, immer drei Stück nacheinander. Langsam wurde das Geräusch klarer. Jetzt hörte es sich an wie kleine Wassertropfen, die auf den Boden aufschlugen. Immer wieder das gleiche Geräusch, bis ich wieder mein Bewusstsein verlor.

Als ich erneut zu mir kam, herrschte Totenstille. Kein einziger Tropfen war mehr zu hören. Nicht einmal andere Geräusche. Normalerweise hörte ich Tylers Stimme, wie er durch das ganze Haus schrie oder wütend argumentierte, wenn ihm irgendetwas nicht passte. Oder aber Milas Stimme, die sich sanft durch meine Ohren zog. Auch vermisste ich die Geräusche des Waldes, die in unserem Haus immer zu hören waren. Irgendetwas stimmte hier nicht. Ein ungutes Gefühl durchzog meinen Magen. Ich versuchte mich aufzurichten.

Plötzlich durchzuckte meinen Körper ein stechender Schmerz. Ich ließ meine Muskeln erschlaffen und meine Augen versuchte ich erst gar nicht zu öffnen. Meine Schläfen pulsierten stark vor Anspannung und grauenvollen Schmerzen. Ich hatte keine Möglichkeit mich zu bewegen. Es fühlte sich an, als wäre mein ganzer Körper am kalten Boden verankert. Die versuchten Bewegungen brannten, schmerzten und zogen sich durch jede einzelne Faser meines Körpers.

Gefühlt ging eine endlos lange Zeit vorüber, bis ich meine Augen endlich öffnen konnte. Jedoch gab mir mein

122

Körper ein deutliches Zeichen, dass ich mich so wenig wie nur möglich bewegen sollte. Vorsichtig versuchte ich meinen Kopf zu drehen, um mich umzuschauen.

Ich lag auf dem Boden eines tristen Gemäuers. Es bestand rundum aus grauen Steinen mit einem winzigen Loch, das als Fenster dienen sollte. Durch das schien ein schwaches Licht an die gegenüberliegende Steinwand. Ich spürte auf meiner Haut das feuchte Klima, das den gesamten Raum erfüllte. Außer mir konnte ich nichts in dem Raum wahrnehmen. Mit aller Kraft versuchte ich mich zu erinnern, was geschehen war. Egal wie sehr ich es versuchte, keine einzige Erinnerung tauchte in meinen Gedanken auf. Das letzte, an was ich mich erinnerte, war mein Schlafzimmer. Ich hatte es für Milas anstehenden Besuch hergerichtet, denn sie sollte bald von ihrer Familie zurückkehren.

Ich musste mir selbst eingestehen, dass jetzt nicht nur mein Körper schmerzte, sondern auch mein Herz. Niemals hätte ich vermutet, dass ich für einen Menschen so viel empfinden würde. Hoffentlich war sie wohlauf, war mein nächster Gedanke. Würde sie wegen mir in Schwierigkeiten stecken, könnte ich mir das nie verzeihen.

Wie in Zeitlupe richtete ich meinen Körper in eine sitzende Position auf, was mir wirklich viel Kraft abverlangte.

Ich schaute an mir herunter und war entsetzt: Jeder noch so kleine Teil meiner Haut war mit Blut, Kratzern oder großen Wunden übersäht. Ich musste schon eine

Weile hier liegen und trotzdem heilte mein Körper nicht von selbst.

Mit aller Kraft erhob ich mich und kam zum Stehen. Ich atmete schwer und schaute ich durch das kleine Loch hinauf zum abnehmenden Mond, dessen Schein sich über mein zerschundenes Gesicht zog.

Ich verfolgte den schwachen Schein auf meinem Körper. Langsam hob ich mein Arme und hielt sie dem Licht entgegen. Mir stockte der Atem. Als ich die einzelnen Wunden genauer betrachtete, sah ich ein Funkeln an den Rändern der Wunden. In einem schimmernden saphierblau zogen sich eckige Mineralienpartikel an jedem Wundrand entlang.

Der seltene Tansanit war die einzige Möglichkeit, einen Vampir zu verletzen, ohne dass die Wunden in kurzer Zeit heilten. Im Gegenteil – das Gestein verhinderte mit seiner Haftung an den Wundrändern den Heilungsprozess.

Das war auch der Grund, warum ich Gedächtnislücken hatte. Solange sich Tansanit an meinem Körper befand, schwächte es die Erinnerung an einen Kampf oder die Auseinandersetzung damit. Es war die perfekte Waffe gegen mystische Wesen. Denn erst, wenn es wieder aus dem Körper verschwunden war, kamen die gesamten Erinnerungen wieder.

Jahrhundertelang hatte ich über dieses seltene Gestein nichts mehr gehört. Mein Herz raste immer noch wie verrückt. Trotz der großen Schmerzen schaute ich mich noch einmal in den vier Wänden um, um vielleicht doch noch ein Schlupfloch zu finden. Ich musste mehrmals blinzeln, um klarer sehen zu können.

An einer Wand war ein schemenhafter Umriss zu erkennen. Schwerfällig schleifte ich meinen Körper zu dieser Wand, um mir die Stelle genauer zu betrachten.

Ein Türgriff war nicht zu erkennen, aber geformt war der Umriss eindeutig wie eine Tür. Sie war vermutlich nur von außen zu öffnen. Vielleicht könnte ich sie öffnen, wenn ich meine verbleibende Kraft nutzte, um sie zu durchzustoßen?

Ich bewegte mich ein paar Schritte zurück, um Geschwindigkeit aufzunehmen.

Bevor ich nur einen Schritt auf die Tür zu machen konnte, zerschlug sich mein Plan schon wieder in tausend einzelne Hoffnungsschimmer.

Das Mondlicht aus dem kleinen gegenüberliegenden Fenster hatte sich auf der gesamten Wand verteilt. Schaute man genauer hin, konnte man auch hier winzig kleine blaue Splitter in den Wänden erkennen. Die Kraft in meinen Beinen schwand, sodass ich schmerzerfüllt zu Boden fiel.

Aus der Erschöpfung heraus atmete ich tiefer ein und aus.

Ich war geschwächter als jemals zuvor und ich konnte nicht einmal mit aller verbleibenden Kraft die Steine der Mauern durchbrechen. Denn würde ich meinem Körper durch die Berührung der Wände dieser Menge an Tansanit aussetzen, würde ich sterben.

Je mehr mein Körper sich beruhigte, desto mehr fühlte ich die kleinen Tansanitsplitter, die sich tiefer in die Wundränder drückten.

Schlimmer als der Schmerz war jedoch der Gedanke an das Verlassen des Verlieses. Was würde danach passieren? Das einzige Mittel, dass den Tansanit aus der Haut lösen konnte, war das frische Blut der Geliebten. Man hörte, dass für einzelne Wunden auch wenig Blut oder zuvor entwendetes Blut ausreichte. Bei mir waren es viel zu viele Wunden, die meinen Körper übersäten, um damit auszukommen.

Nur der Gedanke daran ließ Tränen in meinen Augen aufkommen. Niemals könnte ich Mila noch einmal verletzen; das hatte ich ihr geschworen.

Ich spürte, wie Tränen meine Wangen herunterliefen.

Der Schmerz der Splitter flaute ab, als ich mich meiner Erschöpfung hingab und auf dem kalten Boden einschlief.

Kapitel 14: Mila

Während Jenna und ich fröhlich zur Musik im Radio trällerten, freute ich mich immer mehr, Luke wieder zu sehen.

Eine Woche kam mir vor wie ein Jahr. Wir hatten ein paar Nachrichten über das Handy ausgetauscht, nur seit heute Morgen lag mein Handy ruhig im Handschuhfach meines Autos. Alle paar Minuten ließ ich Jenna darauf schauen. Nichts. Die letzte Nachricht von Luke zeigte ein Bild, das sein Schlafzimmer darstellte: Er hatte Kerzen auf den Nachtschränken platziert und im ganzen Zimmer waren Blumen verteilt. Blaue Vergissmeinnicht, das freute mich besonders. Allein der Name der Blumen sagte einiges über seine Geste aus. Auch wusste er, dass ich diese Blumen wunderschön fand. Es waren dieselben, die auf das Kleid gestickt waren, das er mir vor meiner Abreise geschenkt hatte.

Als ich dieses Bild erneut in meine Erinnerung rief, steigerte sich meine Vorfreude auf Luke erheblich.

Kaum lieferte ich Jenna bei ihr zu Hause ab, herrschte im Auto eine unheimliche Stille. Auch wenn sie viel und oft redete, fehlte sie mir, wenn sie nicht da war. Die meisten Menschen in Portland waren unfreundlich, doch Jenna machte den Ort zu einem besseren. Genau wie Luke, dachte ich und grinste wie ein Honigkuchenpferd.

Sofort trat ich fester auf das Gaspedal. Am liebsten wäre ich schon bei ihm, doch vernünftigerweise sollte ich mich erst in meiner Wohnung blicken lassen und frisch machen.

Nachdem ich endlich meinen gefühlt zehn Kilo schweren Koffer in meine Wohnung geschliffen hatte, nahm ich eine wohltuende Dusche. Es fühlte sich gut an, in meiner gewohnten Umgebung zu sein. Vor allem Ruhe tat gut, nachdem ich eine Woche mit vier lebhaften Menschen unter einem Dach verbracht hatte.

Wie immer versuchte ich meine feurigen Locken nach dem Duschen zu bändigen und für Luke legte ich das beste Parfum auf, das ich besaß. Danach suchte ich einen schlichten schwarzen Jumpsuit aus meinem Kleiderschrank, wenn man dieses Kleidungschaos noch so nennen konnte.

Nach der kurzen Zeit in meiner Wohnung setzte ich mich erneut in mein Auto und fuhr die bekannte Strecke zu Luke nach Hause. Dort angekommen, parkte ich neben seinem Auto. Ich hatte auf dem Weg noch etwas vom Chinesen mitgenommen, auch wenn Luke es in Wirklichkeit nicht brauchte.

Bepackt mit dem Abendessen und meiner Handtasche lief ich schnurstracks zur Haustür. Da ich keine Hand frei hatte, drückte ich mit meiner Nase den Klingelknopf. Auch nach mehrmaligem klingeln machte Luke die Tür nicht auf. Ich stellte das Essen auf dem Boden ab und klopfte einmal fest an die Tür an. Dabei öffnete sich die große schwere Tür.

Sofort bekam ich ein mulmiges Gefühl im Bauch, denn gewöhnlich waren Luke oder Tyler im Haus. „Luke, bist du zu Hause?"

Keine Antwort, es herrschte Totenstille.

Zaghaft öffnete ich die Tür noch ein Stück und blickte in den Flur. Niemand war zu sehen. Ich ging einige Schritte und erschrak beim Anblick des Wohnraums. Die Stühle am Esstisch waren zerbrochen und lagen verteilt im Raum, während unzählige kleine Glassplitter den Boden zierten. Nur die Couch und einige Regalbretter waren noch halbwegs intakt. Die Wände und der Boden waren an den meisten Stellen mit Blut verschmiert.

Achtsam schlich ich durch das Wohnzimmer und spähte in jedes anliegende Zimmer. Es gab keine Spur von Luke. Mehrmals rief ich seinen Namen, versuchte ihn auf seinem Handy zu erreichen und schaute nach, ob er draußen in der Nähe seines Autos zu sehen war.

Kein Zeichen von ihm.

Als ich zurück im Wohnzimmer war, setzte ich mich auf die Couch, um das verwüstete Wohnzimmer genauer zu betrachten. Große Sorgen breiteten sich in mir aus.

Ein lauter Knall riss mich aus meinen Gedanken. Die Haustür fiel in Schloss und ein Windstoß wirbelte durch das Haus. Mein Blick richtete sich auf einen zerknitterten Zettel, der plötzlich vor meinen Füßen lag.

Ich entfaltete den zerknüllten, an den Seiten zerrissenen Zettel, der ebenfalls blutverschmiert war. Sofort konnte ich Lukes Schrift erkennen, die ich durch das

Lesen seines Tagebuches vermutlich auf jedem Schriftstück wiedererkennen würde.

Im Gegensatz zum Rest des Zettels war die Schrift schön, ordentlich und mit einem schwarzen Federhalter geschrieben. Ich atmete tief durch und begann zu lesen.

Der obere Teil des Textes fehlte. Es war keine Anrede vorhanden, aber je weiter ich las, desto mehr wurde mir bewusst, dass der Text für mich vorgesehen war.

Mir ist schon im Voraus bekannt, dass meine Entscheidung dich nicht erfreuen wird. Jedoch sehe ich keine andere Möglichkeit, dich und somit dein Leben zu schützen. Die Bindung zwischen einem Menschen und einem Vampir ist nicht vorgesehen. Die Angst, dich zu verletzten, ist größer als jede Liebe, die ich zu dir empfinde. Würde ich mit dir zusammenbleiben, könnte dein Leben ein schnelles Ende nehmen. Jedoch möchte ich nicht nur mir, sondern auch dir ein langes Leben ermöglichen. Die kommende Zeit wird nicht leicht für dich, genauso wenig wie für mich. Suche mich nicht, du wirst mich nicht finden. Versuche nicht der Vergangenheit hinterherzulaufen, finde dein Glück in der Zukunft.

Dein Luke

Während ich den Brief las, flossen meine Tränen. Weder konnte ich sagen, wie viele Tränen ich verloren hatte, noch wie lange ich auf das durchnässte Briefpapier starrte. Unsere gesamte gemeinsame Zeit, auch wenn es sich nur um ein paar Monate handelte, zog mit jedem einzelnen Moment an mir vorüber. In dieser Zeit hatten wir uns immer mehr angenähert. Luke konnte seine Gier, bis auf das eine Mal, unter Kontrolle halten. Sofort schossen mir seine Worte von dem Tag in den Kopf, als er die Kontrolle verloren hatte: „Es wird nie wieder vorkommen, ich verspreche es dir."

Mir lief es eiskalt den Rücken herunter. Auch wenn er einmal die Kontrolle verloren hatte, durfte er nicht verschwinden. Das konnte nicht der Grund für sein Verschwinden sein, sonst hätte er sein Schlafzimmer nicht so schön für uns beide hergerichtet, redete ich mir ein. So sehr ich das auch glauben wollte, die Worte des Briefes zeigten mir die Realität und zerstörten meine Hoffnung.

Ich war wütend und traurig zugleich, sodass meine Tränen immer mehr wurden.

„Rotschopf, was machst du noch hier?", hörte ich Tylers Stimme in meinem Unterbewusstsein. Ich hatte nicht die Kraft auf seine Frage zu reagieren. Dass er auf mich zusteuerte, bekam ich ebenfalls nur am Rande mit.

„Luke ...", war das einzige Wort, was aus meinem trockenen Mund herauskam.

„Falls du es nicht bemerkt hast, Luke ist weg", entgegnete mir Tyler abfällig. Sein Tonfall brachte das Fass zum Überlaufen. Den nassen Brief in meiner Hand zu einer Faust geballt, sprang ich auf und rannte unentwegt auf Tyler zu. Wild schlug ich auf seine Brust ein, schrie meine ganze Wut heraus, bis ich schlussendlich aus Erschöpfung zu Boden sank.

Tyler schnaubte unbeeindruckt, während er beide Hände nach meinen Hüften ausstreckte. Mit der Kraft eines Vampirs war es für ihn eine Leichtigkeit mich kurzerhand auf die Beine zu stellen. Stützend behielt er seine Arme an meiner Hüfte. Durch einen Tränenschleier auf meinen Augen konnte ich sein Gesicht nicht deutlich erkennen.

„Du schläfst jetzt bis zum nächsten Morgen", waren die letzten Worte, die ich über seine Lippen kommen hörte. Ich hatte von der Manipulation der Vampire in Lukes Tagebuch gelesen, jedoch hatte ich gehofft, dass es bei mir nie angewendet werden würde.

Kaum waren die letzten Worte des Satzes gesprochen, fielen meine Augen zu.

Mein Körper befand sich zwar im Zustand des Schlafes, jedoch spürte ich gedämpft einzelne Berührungen. Es fühlte sich an, als würde Tyler mich hochheben. Die ersten Schritte, die Tyler ging, spürte ich noch sehr genau. Irgendwann wurden sie sanfter und gingen nach und nach in einen schwebenden Zustand über. Ich versuchte zwischenzeitlich meine Augen zu öffnen, meine Lider bewegten sich jedoch nicht einen Millimeter nach oben.

Ich konnte eine frische Brise an meinen nackten Armen spüren. Wir mussten uns draußen befinden oder uns sehr schnell bewegen, was bei einem Vampir möglich wäre.

Das Gefühl der leicht kalten Luft beruhigte mich. Meine Augen tränten nicht mehr und meine Atmung wurde durch die Manipulation ruhiger. Ich versuchte nicht mehr meine Augen zu öffnen und gab mich der

Manipulation hin. Mit meinem nächsten Atemzug nahm ich den Duft von frischem Gras und den Geruch von Erde auf. Irlands weite grüne Wiesenlandschaften spulten sich vor meinem inneren Auge ab. Ich stellte mir vor, wie die Herbststürme über meine nackte Haut hinwegzogen, während ich mich um meine eigene Achse drehte. Der Wind flutete meinen Körper und trieb die Sorgen, die ich die letzten Minuten verspürt hatte, aus mir heraus. Für einen Moment fühlte ich unendlich viel Glück, doch im nächsten fühlte sich alles wieder viel zu real an.

Ruckartig endete das Gefühl des Schwebens und die wohltuende Brise auf meiner Haut verschwand.

Als ich durch meine Nase einatmete, erfasste ich nun einen bekannten Geruch. Es musste sich um meine eigene Wohnung handeln. Aus unerklärlichen Gründen raste mein Herz. Das beruhigende Gefühl war verschwunden und meine Trauer über Luke verteilte sich erneut in mir.

Verzweifelt versuchte ich Worte von mir zu geben, was kläglich scheiterte. Meine Lippen bewegten sich nur unförmig, es waren nicht einmal Töne, die meinen Mund verließen.

Augenblicklich spürte ich nicht mehr Tylers Arme unter mir, sondern etwas Weiches, ich vermutete mein Bett. Verzweifelt versuchte ich zu reden. Es kam mir vor, als wäre ich Bestandteil eines Traums, da ich Luke direkt vor mir sah, wie er sich immer weiter von mir entfernte.

Meine Gefühle waren in mir gefangen, sie stauten sich und mein Herz raste immer schneller. Ich spürte eindeutig, dass es sich nur um einen Traum handelte, doch die

Gefühle beeinflussten meinen Körper wie in der Realität.
Die Müdigkeit versuchte mich in den Schlaf zu reißen,
doch ich kämpfte mit aller Kraft dagegen an, so dringend wollte ich mich mitteilen.

Bevor sich die Müdigkeit in alle Areale meines Körpers schleichen konnte, brachte ich mit großer Anstrengung ein paar letzte Worte hervor.

„Du hast das Feuer in meinem Herzen entfacht. Ich lasse dich nicht mehr gehen ..."

Diese Worte füllten die vergangenen Tage schon meine Gedanken, doch niemals hatte ich vermutet, das Brennen meines Herzens so früh und so deutlich zu spüren.

Meine Kraft verließ mich und ich tauchte unaufhaltsam in einen tiefen Schlaf.

Kapitel 15: Tyler

Die Manipulation war die einzige Lösung, Mila zu beruhigen. Auch wenn ihre Schläge gegen meinen Brustkorb nicht im Geringsten schmerzten, musste ich dem ein Ende bereiten. Nachdem ich sie in meinen Armen zu ihr nach Hause brachte, war sie vorerst ruhig. Erst als wir in ihrer Wohnung standen, wurde sie unruhig. Ihr Körper schien zu beben. Ihre Lippen bewegten sich, aber sie sprach nicht. Schnell legte ich sie in ihr Bett. Ich wollte nicht länger in ihrer Nähe bleiben, denn die Gier nach ihrem Blut war zu groß.

Bevor ich zur Tür hinaus ging, hörte ich sie sagen: „Du hast das Feuer in meinem Herzen entfacht ... Ich lasse dich nicht mehr gehen ..."

Mich interessierte das Gerede eines Menschen nicht mehr. Menschen waren mir egal, ich wollte nur ihr Blut und ab und zu Spaß mit ihnen haben.

Doch dieser Satz ließ meinen Körper auf der Stelle erstarren. Ein Schauder zog sich über meinen Rücken.

Sofort verließ ich Milas Wohnung und sprintete nach Hause. Als ich eintrat, beachtete ich das verwüstete Wohnzimmer nicht und steuerte geradewegs auf mein Schlafzimmer zu.

Als Mila genau diesen Satz aussprach, hatte ich das Verlangen, in meinem Tagebuch zu lesen. Sentimental war ich nie, auch nicht trauernd, aber dieser Satz wühlte alte Erinnerungen auf, was mich beunruhigte.

Das Tagebuch, das ich in der hintersten Ecke meines Schrankes aufbewahrte, war von einer dicken Staubschicht bedeckt. Gelesen hatte ich es nie wieder, lieber wollte ich die Zeit von damals hinter mir lassen. Mit einem mulmigen Gefühl schlug ich das Buch auf und begann zu lesen:

Nie durfte ich mehr Liebe verspüren als mit meiner schönen Johanna. Die letzten Monate waren die schönsten meines Lebens gewesen, wenn ich das als 17-jähriger Knabe behaupten konnte. Wenn ich in ihr weiches Gesicht sah, schmolz ich förmlich dahin. Ihr langes gewelltes Haar war eine Prachtmähne. Bei jedem Schritt schwebte sie vor sich hin - Engelsgleich. In jeder Nacht, die ich ohne sie verbrachte, versuchte ich unentwegt an sie zu denken, um sie mit in meine Träume zu reißen. Keine Sekunde wollte ich mehr ohne sie verbringen.

Während ich weiterlas, stieg in mir eine Gefühlswelle auf. Erst Trauer, dann Glück und zuletzt zeigte sich die Wut, die ich gegenüber Johanna noch empfand.

Mit ihr fühlte ich mich als Mensch komplett. Ich erhoffte mir, dass sie in geraumer Zeit meine Vermählte werden würde. Lange durfte ich nicht mehr mit dem Antrag warten, nicht das ein anderer Bursche sie mir wegnehmen würde. Ihre liebevollen Worte waren: Du hast das Feuer in meinem Herzen entfacht, lasse es nie wieder erlöschen!

Doch menschliche Naivität war mir zu diesem Zeitpunkt noch nicht bekannt. Während ich über mich selbst den Kopf schüttelte, verfiel ich weiter meinen geschriebenen Zeilen der damaligen Zeit:

Die folgende Nacht hatte ich bis heute nicht vergessen. Die Nacht, in der ich verwandelt wurde. Nur am Rande bekam ich mit, wie sich eine Person in mein Zimmer schlich. Es musste mitten in der Nacht gewesen sein. Ich war allein, da es nicht vermählten Paaren zu diesen Zeiten nicht gestattet war, die Nacht miteinander zu verbringen.

Solche Schmerzen, die sich urplötzlich in meinem rechten Handgelenk ausbreiteten, verspürte ich nie mehr. Es handelte sich nur um einen kurzen Moment, danach begann das Handgelenk wie verrückt zu pochen und ich sah eine große Menge Blut herunterlaufen. Der unfassbare Schmerz ließ meine Sicht verschwimmen, ich konnte eine Person, die neben meinem Bett auf mich herabblickte, erkennen. Wer dort neben mir stand, konnte ich nicht sehen, aber weibliche Umrisse konnte ich erahnen.

Ich versuchte mich zu bewegen, war aber wie gelähmt. Aus meinem Mund kam kein einziges Wort. Mein menschlicher Körper konnte so viele Eindrücke nicht auf einmal stemmen. Immer öfter fielen mir die Augen vor Erschöpfung zu. Wieder und wieder öffnete ich sie mit aller Kraft, nur um einen Blick von der Verursacherin zu erhaschen. Mein schwacher Körper ließ es nicht zu. Nach nur wenigen Minuten versagte mein Körper gänzlich und ich verlor mein Bewusstsein.

Am nächsten Morgen wachte ich auf. Sofort schaute ich auf mein Handgelenk: Die Wunde war verschwunden, das Bett jedoch blutverschmiert. Ebenfalls befand sich ein Geschmack von Eisen in meinem Mund. Ich konnte es nicht einordnen, denn selbst hatte ich mir nicht in meinen Arm gebissen. Ich hatte mir das Geschehen der letzten Nacht nicht eingebildet und es war mir auch nicht nur in den Träumen erschienen. Ich fühlte mich ausgelaugt und erschöpft.

Die Erschöpfung war mehr als nur zu wenig Schlaf und etwas Blutverlust. Mein Körper verlangte nach Kraft – ich wusste nur nicht, wie ich sie ihm geben sollte.

Es musste noch früh am Morgen sein, die Sonne erschien gerade erst am unteren Rand meines Fensters. Mein zweiter Gedanke ging an Johanna. Ich sollte ihr von der vergangenen Nacht erzählen und sie um Rat bitten. Auch wenn mein Körper in einer schlechten Verfassung war, versuchte ich schnellstmöglich zum Hause meiner Gemahlin zu gelangen.

Niemals hätte ich das erwartet, was ich an diesem Tage vorzufinden wagte.

Ohne auf Johannas Antwort an der Haustüre zu warten, schritt ich geschwind in ihr Gemach und suchte ihr Zimmer auf - es war ein Notfall. Eine einzelne Sekunde, in der ich auf das Bett von Johanna schaute, zog sich wie eine Ewigkeit. Dort sah ich sie mit einem anderen Mann, wie sie nackt übereinander herfielen. Vor mir lag die Kleidung der beiden. Daneben, was mich meine Kontrolle verlieren ließ, eine offene Geldbörse - die mir gehörte.

Johanna bestahl und betrog mich. Geschockt wickelte Johanna sich ihr Laken um den Körper und kam empört auf mich zu. Sie schrie auf mich ein. Bis heute weiß ich nicht, was sie mir zu sagen versuchte. Die Wallung meiner Wut kontrollierte meinen Körper bis in jede Zelle. Ich schrie sie an, wie sie mir das nur antun konnte. Durch meinen bloßen Schrei rannte Johannas Liebhaber an mir vorbei aus dem Zimmer. Ich ließ ihn fliehen und packte Johanna an ihrem umgebundenen Laken.

Zu dieser Zeit war ich ein besonnener Mensch, das änderte sich in jener Nacht.

Mit aller Kraft, die ich meinem schwachen Körper noch abverlangen konnte, stieß ich Johanna auf das Bett. Ich wollte nicht von ihr lassen, am liebsten hätte ich sie in tausend Stücke zerfetzt. Aber nicht nur aus Wut - mein Körper schien es zu verlangen, wollte alles von ihr haben und in mir aufnehmen. Ich kam ihr näher, jedoch hielt ich mich mit letzter Kraft etwas von ihr entfernt. Wieder schrie ich sie wutentbrannt an, warum sie mir das angetan hatte.

Johanna hatte Angst, aber ich konnte ihrem Blick entnehmen, dass es ihr nicht im geringsten Leid tat. Für einen Moment war ich nicht mehr aufmerksam, so hatte mich ihr Blick erschüttert. Johanna versuchte sich unter meinem Körper wegzudrehen, was ihr als Leichtgewicht nicht gelang. Es brachte mich dazu, meinen Körper noch fester auf ihren zu pressen, damit sie mir nicht entkommen konnte. Mein Gesicht näherte sich in diesem Moment ihrem Hals. Ich konnte mein Verlangen nicht zuordnen, aber in Rage habe ich einfach zugebissen. Im Nachhinein verstand ich, warum mein Körper nach ihrem Blut verlangte.

Später erfuhr ich, dass meine Schwester Gwen mich in einen Vampir verwandelt hatte. Eine der wenigen Gemeinsamkeiten, die ich mit Luke teilte.

Ich brauchte nur noch menschliches Blut trinken, um die Verwandlung zu vollenden.

Somit hatte Johanna mir die Pforte zum ewigen Leben geöffnet, von dessen Schrecklichkeit ich zu diesem Zeitpunkt noch nichts erahnen konnte.

Nie wieder würde ich einen Menschen so nah an mich heranlassen. Es war nicht nur die Tatsache, dass Johanna mir fremd gegangen war. Früher oder später hätte ich ihr nur aus reiner Lust die Kehle aufgerissen, hätte meine Wut das nicht bereits veranlasst. Die Kombination zweier Wesen, die unterschiedlicher nicht sein konnten, sollte nicht eingegangen werden. Und das sollte sich mein Bruder auch endlich eingestehen.

Kapitel 16: Mila

Ich versuchte langsam meine Augen zu öffnen. Meine Augenlider waren geschwollen und schmerzten, weshalb sich der Versuch schwierig gestaltete.

Ich erinnerte mich an einen bestimmten Abschnitt des gestrigen Abends, aber meine Gedanken waren durcheinander und die letzten Tage lagen gefühlt im Nebel. Wie in einem Wachtraum tauchten immer wieder Bilder vor meinen Augen auf. Wie Luke mich küsste, aber auch wie er versuchte, sich zu beherrschen, um mir nichts anzutun.

Dann war dort wieder Lukes Brief, den Inhalt konnte ich nicht erkennen. Ich sah viel Blut, Scherben und spürte den Schmerz.

Als ich es endlich schaffte meine Augen zu öffnen, versuchte ich mich aufzuraffen.

‚Mila, eine Trennung erleben viele Menschen auf der Welt, stell dich nicht so an!', befahl ich mir.

Ich saß auf der Bettkante und ordnete meine Gedanken. Mir brummte der Kopf, vermutlich lag es an der Manipulation von Tyler, an die ich mich nun erinnerte.

Gerade jetzt wünschte ich, ich hätte mich dagegen wehren können, jedoch schien es unvermeidlich gewesen zu sein. Selbst die Gedanken an meinen Wutausbruch ließen sich kaum in meinem Gedächtnis abrufen, es fühlte sich wie ein dumpfes Gefühl in meinem Kopf an. Als würden meine Erinnerungen an den gestrigen Abend in einer Seifenblase schweben: Sie waren zwar vorhanden, aber ich konnte sie nicht abrufen. Umso länger ich an sie dachte, umso unklarer wurden sie - als würden sie davonfliegen. Auf der Suche nach einer sinnvollen Aufgabe lief ich durch meine Wohnung. Meine Beine waren wackelig, aber ich wollte mich nicht mehr ausruhen. Mein Handy lag unberührt auf meinem Nachttisch. Da sollte es erstmal liegen bleiben. Weder meine Mutter noch Jenna konnte ich jetzt gebrauchen. Ich wollte allein sein, denn Menschen, die nach Gefühlen fragten, wühlten sie wieder auf.

Nach kurzer Überlegung schnappte ich mir meinen Staubsauger und sämtliche Putzlappen, die ich in meiner Abstellkammer finden konnte. Während das Wasser in meinen Putzeimer lief, setzte ich mir meine Kopfhörer auf und stellte die Rockmusik laut ein. Alle Fragen, die mir nach und nach in den Kopf schossen, sollten übertönt werden. Wie wild wischte ich mein Wohnzimmer, mein Badezimmer und alle anderen Räume, die es schon länger nötig gehabt hatten. Auch meine Regale ordnete ich neu - wie man es nach einer Trennung so tat.

Natürlich half nichts davon meine düsteren Gedanken zu ignorieren. Was erwartete ich einen Tag nach dem großen Desaster. Nachdem meine Wohnung glänzte, tat ich etwas für mich. Rasch zog ich mir meine Laufkleidung an und stürzte aus dem Haus. Motivierter und wütender als bei den letzten Laufrunden startete ich mit einer hohen Anfangsgeschwindigkeit. Eine Route hatte ich mir nicht überlegt, ich wollte nur laufen.

Nach einer halben Stunde befand ich mich in dem Wald vor Lukes Haus. Zwischen den Bäumen, die an mir vorüberzogen, konnte ich kurze Blicke auf das große Anwesen erhaschen. In diesem Moment flog ein großer Schwarm flinker Stare an ihm vorbei, der wunderschöne Formen bildete.

Natürlich war es sinnlos hierhergekommen zu sein, was konnte ich schon erwarten? Aber es war wie eine magische Anziehung, die mich nicht loslassen wollte. Meine Schritte wurden immer schneller. Ich bog nicht auf den Weg zum Haus ab, sondern lief in Richtung Stadt. Mein Herz raste, vermutlich nicht nur wegen des Tempos.

In der Stadt angekommen, lief ich langsam aus. Zerzaust trat ich in „meinen" Coffeeshop ein.

„Wie immer", brachte ich schwer atmend hervor, ohne dabei freundlich zu sein. Die Bedienung, die neu zu sein schien, schaute mich mit einem schrägen Blick an.

„Und einen Donut … bitte", zischte ich. Sobald meine Bestellung vor mir stand, schnappte ich mir den Becher und den Donut und lief nach Hause. Unglaublich, dachte ich mir, schon nach einem Tag fiel mir die Decke auf den Kopf.

Auch wenn ich es vermeiden wollte, wagte ich einen Blick auf das Display meines Handys - nichts.

Gierig verschlang ich meinen Donut, während ich sinnlos im Internet surfte. Der Kaffee tat gut, er wärmte mich von innen, da meine durchnässte Laufkleidung an mir klebte.

Ich rief meinen Online-Dienstplan auf. Diesen Monat hatte ich wenige Dienste im Krankenhaus. Sofort schaute ich, ob es Dienste gab, die nicht besetzt waren. Davon gab es im medizinischen Bereich immer genug. So auch für die nächsten Tage. Ich schrieb mich in jeden einzelnen Dienst ein - irgendetwas musste ich tun, um mir die Zeit zu vertreiben. Zwei Dienste auf der Intensivstation und drei Dienste in der Blutspende sollten mir Ablenkung verschaffen.

Am nächsten Tag trat ich meine Schicht im Krankenhaus um 7:00 Uhr morgens in der Blutspende an. Hier wurden zum Glück vormittags Termine mit Patienten ausgemacht. Freiwillig würde keiner so früh auf der Matte stehen. Dafür würde die Zeit schneller vergehen, wenn ich etwas zu tun hatte. Schließlich sollte ich mich darauf konzentrieren, die Venen der Patienten zu treffen, anstatt meine Gedanken an Luke zu verschwenden.

„Hallo?", rief ein Patient und weckte mich aus meinem Tagtraum. Ich musste bei der Sache bleiben.

Freundlich entschuldigte ich mich für meine Abwesenheit und führte den Patienten zu seiner Liege. Nachdem ich mir beide Arme des jungen Mannes angeschaut hatte, um eine passable Vene zu entdecken, legte ich das Stauband um seinen rechten Oberarm. Mit meinem Zeigefinger tastete ich im Bereich seiner Armbeuge, um die genaue Lage der Vene zu lokalisieren. Ich desinfizierte die Stelle und schaute den Patienten an.

„Bitte ruhig halten und nicht den Arm wegziehen, während ich steche." – Dieser Satz war enorm wichtig, da die Patienten andernfalls genau das taten.

Zack, die Nadel war in der Vene und ich beobachtete wie das Blut durch den dünnen Schlauch in den Beutel lief.

Wie konnte man sich nur von Blut angezogen fühlen, sodass man die Kontrolle verlor?

Langsam füllte sich der Beutel und der Patient freute sich, etwas Gutes getan zu haben. Nachdem ich sichergestellt hatte, dass sein Kreislauf stabil war, durfte er mit einem dicken Grinsen im Gesicht gehen.

Rasch lief ich vorne zur Anmeldung, denn noch war ich allein in der Schicht. Dort standen keine neuen Patienten, dafür aber Jenna, genau wie ich, in weiß gekleidet. Ich hätte mir denken können, dass sie sich zu mir in den Schichtplan einträgt. Je näher ich ihr kam, umso größer wurde ihr Grinsen. Mein Magen zog sich auf unangenehme Weise zusammen, da Jenna mich über die vergangenen Tage sicher ausfragen würde.

„Warum hast du dich nicht einmal gemeldet, Mila? Warst du auf Wolke sieben oder höher?", scherzte sie mit rausgestreckter Zunge, als ich an der Anmeldung ankam. Schweigend ging ich an ihr vorbei und suchte nach dem nächsten Patienten. Jenna lief dicht hinter mir.

„Komm schon, erzähl mir ein bisschen was", bettelte sie. Rasch drehte ich mich zu ihr um und drückte ihr den vollen Blutbeutel des vorherigen Patienten in die Hände.

„Komm, mach dich mal nützlich", schnauzte ich sie an, „und bring bitte wieder ein paar leere Beutel mit. Es kommen noch einige Patienten heute", versuchte ich ihr etwas freundlicher entgegenzubringen.

„Na gut. Aber wehe ich bekomme danach nicht noch ein paar Details zu hören", quiekte sie freudig. Und bevor ich ihr antworten musste, hüpfte sie wie ein kleines Mädchen in Richtung der Kühlräume.

Da sich schon die nächsten Patienten ankündigten, bereitete ich an der Anmeldung die Formulare zum Ausfüllen vor.

Schneller als gedacht, sah ich Jenna wieder um die Ecke kommen.

„Wo sind die leeren Blutbeutel?", fragte ich sie, da sie mit leeren Händen zurückkehrte.

Ohne mir eine Antwort zu geben, lief sie schnurstracks an mir vorbei in den Behandlungsraum. Verwundert lief ich ihr hinterher.

„Jenna? Die Beutel?", fragte ich sie erneut und fasste ihr an die Schulter. Aggressiv drehte sie sich zu mir um.

„Lass mich meine Arbeit machen!", motzte sie und ließ mich stehen. So hatte ich Jenna noch nie erlebt.

Naja, wer weiß, was sie jetzt schon wieder geritten hatte. Ich beschloss, mir meine Beutel selbst zu holen.

‚Wollen wir einmal hoffen, dass sich ihre Laune wieder bessert', sagte ich vor mich hin, während ich den Kühlraum betrat.

Als ich den Lichtschalter drückte und mich in dem Kühlraum umblickte, schrie ich vor Schreck.

Kapitel 17: Tyler

„Ich habe dir doch gesagt, dass du deine Arbeit machen sollst! Oder muss ich noch deutlicher werden?!", entgegnete ich ihr boshaft, da ich dachte, sie habe die Tür erneut geöffnet.

Immer diese nervigen Weiber.

„Tyler ...", hörte ich eine bekannte Stimme rufen. Langsam drehte ich mich um und blickte in Milas vor Schreck verzerrtes Gesicht.

Ich seufzte und drehte mich wieder zu den Kühlschränken um. „Was machst du hier? Und was ... was hast du mit Jenna gemacht? Hast du sie manipuliert?", wollte Mila wissen. Sie stotterte, vermutlich hatte sie Angst.

„Naja, sie war laut, schrill und hörte gar nicht mehr auf mich zu fragen, was ich hier zu suchen hatte. Somit war die Manipulation nur eine logische Schlussfolgerung", schmunzelte ich, während ich den Kühlschrank öffnete und mir einen Blutbeutel herausholte.

„Tyler, das ist Diebstahl", entgegnete sie mir energisch. Ich musste lachen. Ihr zu antworten, hielt ich nicht für nötig.

„Leg ihn zurück!", schrie Mila mich an. Sie kam auf mich zu und riss mir den Blutbeutel aus der Hand.

Schneller als sie schauen konnte, stellte ich sie gegen die nächste Wand.

„Und du denkst, dass du mir Befehle geben kannst?", fragte ich sarkastisch.

Unsere Körper waren nur wenige Zentimeter voneinander entfernt. Ich hörte ihr Herz laut und schnell schlagen. Ihre Angst konnte ich riechen. Auch wenn das Licht nicht das ganze Zimmer erleuchtete, konnte ich ihre Hände zittern sehen.

„Nur weil mein Bruder dir seine dunkle Seite nicht offenbaren wollte, heißt das nicht, dass ich es nicht mit dem größten Vergnügen tun würde."

Mila schluckte.

„Ich habe längere Zeit mit Luke verbracht. Ich kenne ihn und ich komme mit der dunklen Seite gut aus!", zischte sie. „Kam ...", entgegnete sie mit ein wenig Verzögerung.

„Lass dir gesagt sein, Luke ist kein Heiliger. Seine wirklich düstere Seite hat er seit Jahren nicht gezeigt. Aber eines kann ich dir sagen: Vergleiche Lukes düstere Momente nicht mit mir. Sein 'Ich tu dir nichts, weil ich dich liebe und ich möchte dir ja nicht weh tun', gilt für mich nicht. Ich habe keine düsteren Momente, bei mir fällst du in ein dunkles schwarzes Loch. Also entweder gibst du mir den Blutbeutel oder ich gönne mir einen Schluck von deinem Blut", flüsterte ich und strich mit meiner Hand vorsichtig entlang ihrer Halsschlagader. Langsam nahm ich ihr den Blutbeutel aus der Hand, den sie freiwillig losließ.

Auch wenn es nur eine Drohung war, ihre Ader war verlockend. Mila brachte kein Wort mehr hervor. Sie starrte mich nur an.

„Welche Entscheidung bevorzugst du?", fragte ich sie.

Wieder kam keine Antwort. Ich öffnete den Blutbeutel und roch daran. Es roch angenehm, aber nicht so verlockend wie frisches Blut. In Milas Blick sah ich erneut Angst aufsteigen. Ich wusste, dass meine Augen ein tiefes Schwarz angenommen hatten. Auch meine Reißzähne blitzten auf, als ich den Beutel an meinen offenen Mund heranführte. Mit großen Zügen saugte ich den Beutel leer. Nach dem letzten Schluck atmete ich schwer auf, denn nicht mehr von dem Blut zu bekommen, ließ sich mit meiner Gier schwer vereinbaren.

„Mila, geh, bevor ich es mir anders überlege!"

Kapitel 18: Luke

Mittlerweile hörte ich nur noch meinen schweren Atem. Jeden einzelnen Atemzug zählte ich und hoffte, dass ich der Freiheit mit jedem Mal näherkommen könnte. Ich wusste nicht, wie viele Tage schon vergangen waren, seitdem ich hier gefangen war, aber es fühlte sich an wie eine Ewigkeit. Mein Mund war staubtrocken, es musste mindestens eine Woche her sein, als ich das letzte Mal Blut getrunken hatte. Für meinen Körper war es reine Folter. Einerseits fühlte ich mich schwach, hilflos und kaum zu einer Bewegung mächtig. Andererseits verlangte mein Körper nach Blut. Der Instinkt des Jagens verging bei einem Vampir nicht, weshalb mein Körper bei dem Gedanken an frisches warmes Blut danach drängte, sich zu bewegen und mir welches zu beschaffen. Er würde bis zum Versagen kämpfen, nur um an einen Tropfen des flüssigen roten Goldes zu kommen. Nicht einmal das Wasser konnte mir im Mund zusammenlaufen, da kein Speichel mehr vorhanden war.

Nur für einen Augenblick wollte ich meine Augen schließen. Im Normalfall mussten Vampire nicht schlafen, aber nur, solange der Körper mit Blut versorgt wurde. Meine Lider wurden immer schwerer und ich konnte meine Augen nicht mehr lange aufhalten.

Plötzlich spürte ich eine sanfte Berührung an meiner Wange. Noch waren meine Lider zu schwer, um sie zu öffnen, aber die Berührung gab mir Kraft. Wärme kehrte zu mir zurück. Sie strömte durch meine Wange, durch jede Faser meines Gesichtes. Meine Mundwinkel verformten sich zu einem leichten Lächeln.

Es kostete mich viel Kraft, meine Hand in Richtung meiner Wange zu erheben. Dort angekommen, berührte ich die Hand, die dort ruhte. Langsam versuchte ich meine Augen zu öffnen, um zu wissen, wer sich in meiner Nähe befand. Mein Blick verschwamm kurz, doch dann schaute ich in die mir so vertrauten meeresblauen Augen. Das helle Gesicht, ummantelt von einer rot-orangefarbenen Prachtwelle. Die Locken sprangen spielerisch über ihre Schultern.

Mein Blick richtete sich auf die vollen Lippen, die sich wie meine zu einem Lächeln formten. Meine Augen hatten mittlerweile ihre volle Kraft erreicht, denn ich konnte jede einzelne Sommersprosse im gegenüberliegenden Gesicht erkennen.

„Mila", ertönte es heiser und trocken aus meinem Mund. Ich war erschrocken über mich selbst, da ich meine Stimme kaum wiedererkannte.

Sie legte ihren Finger an meine Lippen, um mir zu anzudeuten, dass ich meine Stimme schonen sollte.

„Ich bin hier", sagte sie.

Ihre Stimme erzeugte Gänsehaut auf meinem ganzen Körper. Mein Herzschlag pochte gegen meinen Brustkorb, sodass ich mich das erste Mal seit Tagen lebendig fühlte. Mila entfernte sich mit ihrer Hand von meiner Wange und fuhr mit großer Vorsicht meinen Arm entlang. Ihr Blick folgte ihrer Hand den ganzen Weg über.

An meiner Hand angekommen, fuhr sie mit ihrem Finger die Linien in meiner Handfläche nach, bevor sie ihre Finger mit meinen verschränkte. Auch hier setzte wieder die wohlige Wärme ein, die ich zuvor auf meiner Wange verspürt hatte. Je länger Mila in Berührung mit meinem Körper stand, umso lebendiger fühlte ich mich. Als würde ich aus einem langen Schlaf erwachen.

Wortlos beobachtete ich sie, denn Mila wurde von Minute zu Minute unruhiger. Sie ließ ihre Augen über meinen Körper streifen und biss sich derweil auf ihre schönen vollen Lippen. Ich schaute das erste Mal an ihrem Körper herunter. Sie trug eine weit ausgeschnittene Bluse, die ihr prachtvolles Dekolleté nicht verdeckte, sondern schön zur Geltung brachte.

Mila konnte nicht mehr ruhig neben mir sitzen bleiben. Mit einer schnellen Bewegung schmiegte sie sich an mich und begann mich zu küssen. Mit einem Mal fühlte ich, dass ein Großteil meiner Energie zurückkam und ich konnte ihren Kuss mit gleicher Kraft erwidern.

Während wir uns küssten, nahm ich ihr Gesicht in meine Hände, um sie noch näher zu spüren. Ich bemerkte, dass Mila mich immer intensiver küsste, sodass sie stöhnte.

Auch mich ließ unser Spiel nicht kalt und ich spürte, wie es immer stärker in mir kribbelte.

Mit einer flinken Bewegung schwang Mila ihr Bein über meine Hüfte. Mein Herz schlug schneller, trotz geschwächtem Zustand konnte ich ihr nicht widerstehen.

Soweit es möglich war, richtete ich meinen Oberkörper in eine senkrechte Position auf und packte mit meinen Händen fest an Milas Hüfte. Ich sah zu, wie sie mein Hemd, das durch den Kampf zerrissen an meinem Körper klebte, Knopf für Knopf öffnete. Nachdem sie es mir von meinem Oberkörper gestreift hatte, legte sie ihre Arme um mich herum. Unsere Küsse wurden immer intensiver und mein Körper verlangte mehr von ihr. Das blieb Mila nicht verborgen und ich konnte die Lust, die von ihr ausging, spüren. Anfangs noch gezügelt, kreiste sie ihre Hüften mit voller Leidenschaft über meinen Schoß. Dabei stöhnte ich immer wieder laut. Diese Frau überwältigte mich, ich musste mich ihr hingeben. Sich zu wehren, hatte keinen Sinn, ich würde ihr jeden Moment wieder verfallen.

Kurz hielt sie inne und ich versuchte mich zu sammeln, versuchte mich zu erinnern in welcher Situation ich mich gerade befand. Für einen kleinen Moment füllten sich meine Gedanken mit allen negativen Ereignissen der letzten Tage und es kamen viele Fragen auf, auf die ich keine Antworten kannte.

„Mila, lass bitte einen Moment von mir ab, ich muss dich etwas fragen", flüsterte ich mit trockenem Hals. Mein Brustkorb bebte noch schnell, da sie meinen Körper vereinnahmt hatte.

Ohne mir eine Antwort zu geben, schaute Mila mir in meine Augen. Es herrschte kurz Stille zwischen uns, was mich verunsicherte.

Stillschweigend hob sie ihre zarten Hände und streifte über den Rand ihrer Bluse, der oberhalb ihres BHs endete. Sie hielt den Augenkontakt aufrecht, während sie schrittweise jeden einzelnen Knopf der Bluse aufknöpfte. Je mehr Knöpfe sie öffnete, umso schneller begann mein Herz zu pochen. Ihrem Blick konnte ich nicht länger standhalten und ich verfolgte aufmerksam jede Handbewegung, die sie ausführte. Meine Fragen, die ich Mila zuvor stellen wollte, waren aus meinem Kopf verschwunden. Dieser Schachzug gehörte vermutlich zu ihrem Plan.

Als Mensch schien es schwierig, dieser Frau zu widerstehen, doch als Vampir war es schier unmöglich. Alle Emotionen wurden verstärkt wahrgenommen. Es fühlte sich nicht an, als würde ich barfuß durch eine Pfütze laufen, sondern als würde die geballte Kraft des atlantischen Ozeans auf mich einbrechen. Je mehr ich mich dagegen wehrte, desto mehr gierte mein Körper danach. „Mila, bitte ...", flehte ich sie an, denn ich wusste, dass Disziplin gerade jetzt nicht meine größte Stärke war.

Ihr Mundwinkel hob sich an einer Seite und sie lächelte verschmitzt.

Plötzlich zog sie ihre Bluse von den Schultern und öffnete rasch ihren BH. Sie nahm ihn von ihrem Körper und ließ ihn demonstrativ neben sich sinken. Dieser Anblick ließ mich schlucken, denn so selbstbewusst und provokativ hatte sie sich vorher noch nie gezeigt.

Sie beugte sich zu mir herunter und legte ihre Lippen nah an mein Ohr heran.

„Luke, nimm mich. Ich weiß, du willst es doch auch", raunte sie verführerisch.

Ich versuchte mich von ihr abzuwenden, jedoch ohne Erfolg.

Liebevoll nahm sie meine Hand und legte sie auf ihre Brust, die eine angenehme Wärme ausstrahlte. Mit der anderen Hand strich sie mir behutsam über meine Wange bis zum Kinn. Sie führte meinen Kopf, sodass ich mir ihre Brüste anschauen musste. Dort funkelten mir ihre zwei goldenen Piercings entgegen. Sie wusste, dass sie ihre Brüste unwiderstehlich für mich machten.

Langsam begann ich mit meinem Daumen an ihrer Brustwarze zu reiben.

Sofort stöhnte Mila laut auf: „Oh, Gott!"

Obwohl Mila sich nicht mehr auf meinen Hüften bewegte, regte sich mein Glied. Mila schien das nicht entgangen zu sein und sie begann sich wieder langsam auf mir hin- und herzubewegen. Sie hatte mich in ihrer Gewalt und die Kraft, die ich benötigte, um aufzustehen, besaß ich nicht mehr.

So erregt, wie ich war, konnte ich mich nicht mehr von ihr entfernen. Nach und nach stöhnte ich immer öfter auf: „Oh, Mila ..."

Auch sie konnte sich nicht mehr zurückhalten und öffnete meine Hose. Mit einem Ruck riss sie sie, zusammen mit meiner Boxershort, bis zu meinen Knien herunter.

Mein Penis pulsierte schnell und wurde immer steifer. Wieder schwang sie ihr Bein über meine Hüfte, blieb jedoch diesmal kniend über mir. Sie trug nur einen kurzen

Rock, den sie nach oben stülpte. Mit einer Hand schob sie ihre Unterwäsche zur Seite und setzte sich auf mich.

Wir beide stöhnten laut, während mein Glied in sie eindrang. Es fühlte sich so unendlich gut an, dass wir einen kurzen Moment in dieser Position verharrten. Wieder schnappte Mila meine Hände und legte sie diesmal auf beide Brüste. Ich knetete sie, während ich mit meinen Daumen an ihren Brustwarzen rieb.

Als hätte ich eine Reaktion ausgelöst, begann Mila wie wild auf mir zu reiten und in mir explodierte meine Lust. Ungehemmt erwiderte ich ihre Bewegungen, damit ihr Lustzentrum ebenso bebte. Unser Stöhnen ging immer mehr ineinander über und schon nach wenigen Minuten kam ich meinem Höhepunkt nahe. Ich spürte, wie die Wärme in meinem Gemächt anstieg und sich meine Hoden immer mehr zusammenzogen. Mila war in Ekstase. Sie richtete sich während des Reitens immer mehr auf und drückte meinen Kopf an ihren Körper.

Ich küsste sie von ihrer Wange abwärts, entlang des Halses und letztendlich ihre Brust. Jedoch zog es mich immer wieder hinauf zu ihrem Hals, an dem die Hauptschlagader stark pochte. Durch den Sex schlug sie unaufhaltsam schnell, was sie für mich nur noch verlockender machte.

Ich war ebenfalls kurz vor meiner Ekstase und leider wusste ich, dass warmes Blut sie verstärken würde. Ich stöhnte unaufhaltsam und versuchte mich nur noch auf den Sex zu konzentrieren.

Es funktionierte nicht. Immer wieder küsste ich ihren Hals, ich spürte, wie sich meine Reißzähne ihren Weg bahnten. Ich wusste, dass meine Augen mittlerweile tiefschwarz sein mussten.

"Luke, na los … ah … nimm mich fester!", befahl Mila mir. Egal wie sehr ich es versuchte, ich konnte nicht standhaft bleiben.

Ich spürte, wie die warme Flüssigkeit in mir aufstieg und wie ich fast explodierte. Um meinen Penis herum verkrampfte sich alles. Kurz darauf begann Mila laut zu stöhnen und zuckte unaufhaltsam.

"Oh ja, Luke gib es mir!", schrie sie, während sie ihren Orgasmus auslebte.

Und schon war es um mich geschehen. Meine Vernunft verschwamm und ich biss kräftig zu. Das warme Blut verteilte sich in meinem trockenen Mund und füllte mich aus. Meine Lust steigerte sich um ein Vielfaches und während Mila immer noch vor Erregung zuckte, rammte ich mein Glied noch fester in sie herein. Ich konnte und wollte mich nicht mehr zurückhalten. Im gleichen Takt saugte ich immer einen großen Schluck Blut aus ihren Arterien. Ich war in meiner eigenen Welt gefangen, sodass ich nicht einmal wusste, ob Mila schrie, ob sie Schmerzen empfand oder ob sie sich wehrte. Auch wenn mein Körper geschwächt war, würde sie meinen Kräften nicht entkommen können.

Es tat unendlich gut und ich hatte es vermisst, mich einfach meinem Verlangen hingeben zu können. Je schneller ich Mila mein Becken entgegenschob, umso mehr saugte ich an ihr. Ich stöhnte und stöhnte und war meiner Erregung unterlegen.

„Ich komme, Mila", ächzte ich.

Während ich in ihr kam, biss ich noch ein letztes Mal fest in ihren Hals. Es war das beste Gefühl seit langem, das sich in meinem Körper ausbreitete. Diesmal genoss ich es in vollen Zügen.

Wenige Minuten später ließ ich von ihr ab. Schwer atmend schaute ich Mila an.

Bewusstlos hielt ich sie vor mir, gestützt nur durch meine Hände. Von ihrem zerrissenen blutverschmierten Hals abgesehen, waren ihre Arme übersäht mit blauen Flecken, da ich sie mit aller Gewalt festgehalten hatte.

„Mila?"

Keine Antwort.

Erschrocken über mich selbst, legte ich sie neben mich. Immer noch keine Reaktion. Panik überfiel mich. Ich strich mit meiner Hand über meinen Mundwinkel, um das restliche Blut zu entfernen. Dabei fiel mir auf, dass meine Wunden verheilt waren. Auch die restlichen Wunden, die meinen Körper zierten, waren verschwunden. Dafür war der Boden um Mila und mich herum mit winzig kleinen blauen Tansanitsplittern übersäht.

„Mila, Mila!", schrie ich sie verzweifelt an und rüttelte an ihrer Schulter. Sie gab immer noch keine Reaktion von sich.

„Nein Mila, bleib bei mir. Bleib bei mir! Du schaffst das!", rief ich ihr erschüttert zu.

Das durfte nicht noch einmal passieren.

Schnell biss ich in mein Handgelenk und hielt es Mila an ihren offenstehenden Mund.

„Trink Mila! Lieber möchte ich dich als einen Vampir zurück, als dass ich dich nie mehr zurückbekomme."

Auch nach wenigen Minuten zeigte Mila noch kein Lebenszeichen. Um die Wut und Trauer zu unterdrücken, schloss ich meine Augen und versuchte tief durchzuatmen.

Plötzlich übermannten mich meine Gefühle.

Ich öffnete meine Augen.

Vor mir sah ich die bekannten kahlen Wände. Keine Mila. Kein Blutbad. Dafür noch hunderte kleine blaue Splitter in meiner Haut.

Halluzinationen hatten mich fest im Griff. Sie spiegelten mein tiefstes Verlangen wider, aber auch meine größte Angst.

Ich atmete schwer und versuchte meine verspannten Muskeln zu lockern. Es waren kaum noch Bewegungen möglich. Langsam schloss ich meine Augen, in der Hoffnung dem Schlaf nahezukommen und den Halluzinationen zu entgehen.

Kapitel 19: *Tyler*

Das Krankenhaus war mittlerweile meine liebste Anlaufstelle. Es war spielerisch einfach an Blut heranzukommen, das noch frisch war oder zumindest nicht nach einem ausgelaugten Wildtier schmeckte. Es war leicht herauszufinden, wann Mila und ihre nervige Freundin Dienst hatten und vor allem, wann nicht.

Wie ein normaler Patient stolzierte ich durch den Eingang der Blutspende Richtung Lager.

Mein Speichel vermehrte sich jedes Mal in meinem Mund, wenn ich die vollen Kühlschränke im Lager zu sehen bekam. Während ich vor ihnen stand, spürte ich die kalte Luft, die sich langsam auf meine Haut legte. Ich atmete tief ein. Mein Geruchssinn führte mich dorthin, wo sich das frische Blut befand. Nacheinander öffnete ich die einzelnen Kühlschränke, um mir die besten Beutel herauszunehmen.

„Mr. Thompson, eigentlich hätte ich mir denken können, dass Sie hier wieder auftauchen."

Die kratzige ältere Herrenstimme kam mir bekannt vor.

„Dr. Mantus, schön Sie wieder zu sehen. Ich dachte, Sie würden langsam die Rente bevorzugen", entgegnete ich ihm mit einem hämischen Grinsen.

Als ich mich umdrehte, blickte ich in ein mit weißen Stoppeln übersätes Gesicht. Dr. Mantus reichte mir bis zu den Schultern und wenn man in sein Gesicht schaute, sah man ihm die vielen Lebensjahre, die er schon auf dem Buckel hatte, an. Seine langen grauen Haare lagen verzottelt über seinen Schultern, die von seinem weißen Arztkittel verdeckt waren. Sie versteckten auch ein paar seiner tiefen Falten, die das gesamte Gesicht zierten. Sein Blick war scharf, er versuchte, keine Details aus den Augen zu verlieren.

Er schien sich meine Anmerkung gar nicht zu Herzen zu nehmen, er grinste sogar.

„Wie Sie sehen, bin ich beschäftigt", sagte ich und wog die Blutbeutel in meinen Händen auf und ab. Ohne eine Antwort zu erwarten, bewegte ich mich Richtung Tür.

„Denken Sie, jetzt wo ihr Bruder nicht mehr da ist, können Sie tun und lassen was Sie wollen?!", brachte Dr. Mantus energisch hervor.

Sofort blieb ich auf der Stelle stehen.

„Genau, Sie haben mich richtig verstanden. Ich bin kein beschränkter Mensch, Mr. Thompson. Die Partnerin Ihres Bruders arbeitet oft genug in der Pathologie und wenn Frauen ein Leid haben, klagen Sie es meistens laut. Somit konnte ich eins und eins zusammenzählen. Die junge Frau, die von jetzt auf gleich verlassen wurde. Für sie unerklärlich, für mich aber schon. Sie wurde verlassen, kurze Zeit später, nachdem ich Ihnen den mächtigen Stein ausgehändigt hatte. Dass sie über Vampire Bescheid wusste, zeigte sich mir sofort. Anfangs wusste sie mit den ‚Tierangriffen' nichts anzufangen. Doch man konnte ihr die Erkenntnis nach kurzer Zeit ansehen. Die Geschichte kommt Ihnen ein wenig bekannt vor, nicht?" Dr. Mantus räusperte sich nach seiner vagen Erkenntnis.

Hinterlistig bohrte sich sein Blick in meinen.

Dr. Mantus war der einzige Mensch, der mit der Forschung über nicht menschliche Wesen und dem Tansanit vertraut war. Von den Menschen wurde er für den größten Teil seiner Arbeit für verrückt gehalten, doch ich bekam durch seine Forschung was ich wollte: Einen der noch existierenden Teile des Tansanits und somit eine Waffe gegen Wesen meiner Art. Zuerst wollte Dr. Mantus das Gestein nicht herausrücken, doch durch ein paar Insiderinformationen über Vampire, die natürlich nur richtige Vampire kennen, ließ er sich überzeugen.

„Ich dachte, wenn ich das Gestein in scharfe Waffen verarbeite, wäre das eine schönere Beschäftigung in meiner Freizeit. Was dachten Sie denn, was ich damit anstelle? In einer Vitrine in meinem Haus liegt der Stein bestimmt nicht ausgestellt", spaßte ich.

Das erwartete Lachen tauchte bei uns beiden nicht auf. Dr. Mantus` Glaube, das Kommando über diese Konversation zu haben, machte mich wütend.

„So grausam kann man doch nicht sein, seinen eigenen Bruder ..."

„Halten Sie den Mund! Sie verstehen meine Situation nicht!"

„Doch, dass tue ich! Aus Liebe tut man immer unüberlegte Dinge", schrie er.

„Aus Liebe?! Ich tue das aus Hass, aus Hass auf die dummen Menschen, die meinen Bruder verführen und dann zerstören, weil sie mit seinem wahren Ich nicht auskommen!", schrie ich Dr. Mantus an, „ihm die Menschen wegzunehmen funktioniert nicht, also muss er selbst einmal genug leiden, um zum Verstand zu kommen!"

Länger lasse ich mir das von einem mickrigen Menschen nicht bieten, dachte ich mir.

Gefasst ging ich auf ihn zu, bereit ihm den Hals so weit herumzudrehen wie nur möglich - und am besten noch viel weiter. Das zeigte mir wieder einmal, dass man Menschen nicht trauen konnte. Kurz vor ihm blieb ich stehen und legte meine Hände fest um seinen Hals.

Sein Atem wurde mehr und mehr unterdrückt, sein Puls versuchte das mit Schnelligkeit auszugleichen. Seine zuvor blasse Haut verwandelte sich in ein leichtes Blau. Diese Farbe gefiel mir viel besser. Seine Augäpfel quollen hervor, sein ganzer Körper zitterte inzwischen, jedoch versuchte er stark zu bleiben und kämpfte gegen den Sauerstoffmangel an. Ich liebte diesen Moment, die Qual der Menschen bereitete mir Freude. Plötzlich schnellte Dr. Mantus zuvor ruhiger Arm flink an meiner Rippe vorbei und schmerzerfüllt ließ ich ihn los.

Schwer atmend schaute ich an meiner linken Körperhälfte herunter und sah das Blut durch einen Schnitt an meinem Brustkorb tropfen.

Der Doktor ging zu Boden, während ein Messer aus seiner Hand fiel: Der Griff des Messers bestand aus dunklem Holz, während die Schneide blau funkelnden Tansanit zeigte.

Auch ich sank zu Boden. Die kleinen Splitter, die durch das Messer an meiner Wunde hängen geblieben waren, bohrten sich schmerzhaft tief in die Wundränder.

Kriechend schleifte ich mich zu Dr. Mantus herüber. Ich brauchte dringend Blut, um die Wunde zu heilen. Ein Stück von ihm entfernt griff ich nach seinen langen Haaren und zog ihn mit Mühe zu mir herüber.

Nun sah man die Angst in seinen Augen, jetzt, wo er seine Waffe nicht mehr besaß. Mit einer gekonnten Bewegung biss ich in seinen Hals und trank sein Blut mit großen Schlucken.

Entsetzt stellte ich fest, dass es mir nicht half.

Innerhalb weniger Sekunden hatte ich einen Großteil des Blutes aus dem Körper gesaugt, meine Wunde brannte jedoch immer mehr, sodass es mich aufschreien ließ.

Ich krümmte mich zur Körpermitte hin. Die Splitter bohrten sich noch weiter in meine Wunde hinein.

Plötzlich öffnete sich die Tür, denn ich musste laut geschrien haben.

Mila schaute erschrocken auf mich herab.

Ich wusste, dass sie heute nicht im Dienst war, aber durch das Pflaster auf ihrem Arm sah ich, dass sie selbst Blut gespendet hatte. Sie hielt eine Menge beschrifteter Blutbeutel in einer durchsichtigen Tüte in der Hand. Sie sprach kein Wort mit mir und sah nicht einmal mehr überrascht aus.

„Ich brauche Blut", krächzte ich mit angeschlagener Stimme. Mila stand immer noch stumm in der Tür.

„Mila, bitte", krächzte ich erneut.

Sie kramte wie ferngesteuert einen Blutbeutel aus der Tüte und warf ihn vor mich auf dem Boden.

Ich schnappte mir den Beutel, riss ihn mit meinen Reißzähnen auf und trank auch ihn hastig aus. Jedoch brachte es keine Linderung. Immer mehr schmerzte meine Wunde und mir blieb die Luft weg. Atmen, atmen ... dachte ich mir immer wieder. Das Messer musste sich mit dem gezielten Stoß durch meine Lunge gebohrt haben, ich konnte es deutlich spüren.

"Gib mir ... gib mir deinen Beutel", flehte ich Mila an. Meine Stimme war kaum noch zu hören. Was allein ein Stich mit Tansanit verursachen konnte, hätte ich nicht erwartet.

Nun beugte sich Mila zu mir herunter. Sie schien zu bemerken, wie geschwächt mein Körper war. Mittlerweile lag ich auf dem Rücken. Sie hockte sich langsam hinter mich und hob meinen Kopf auf ihre Oberschenkel. Von ihr ging eine Wärme aus, die meinen vorhandenen Schmerz betäubte.

Sie öffnete den Blutbeutel an der vorgesehenen Stelle, hielt ihn mir an den Mund und drückte den Beutel zusammen, damit das Blut schneller in mich fließen konnte. Es legte sich nach und nach über meine Kehle und floss meine Speiseröhre herunter. Mit jedem Millimeter, den das Blut voranschritt, füllte sich mein Körper mit Lebenskraft. Ich deutete Mila an, dass sie mir den zweiten Beutel mit ihrem Blut ebenfalls öffnen sollte. Auch ihn hielt sie mir wie selbstverständlich an den Mund und mittlerweile konnte ich aus eigener Kraft trinken. Es schmeckte so gut, dass ich zwischenzeitlich leise aufstöhnte. So köstlich hatte Blut lange nicht mehr geschmeckt.

Als ich bei Kräften war, streckte ich meine Hände nach Milas aus, um ihr den Blutbeutel abzunehmen. Dabei nahm ich ihre Hände und zog sie zu meinem Mund herunter. Ihre Venen an den Handgelenken waren verlockend.

Bevor ich mich weiter in Gedanken an ihr Blut verlieren konnte, traf mich eine schockierende Tatsache mit voller Wucht. Ich realisierte, was geschehen war: Ich hob meinen Kopf und schaute auf die linke Seite meines Brustkorbs herab. Dort befand sich nur noch ein kleiner roter Streifen, der von der tiefen Wunde übriggeblieben war. Die blauen Splitter des Gesteins lagen alle um mich herum verteilt. Für kurze Zeit konnte ich mich nicht mehr bewegen. Mein Körper war starr.

Allein Milas Blut hatte die Wunde geheilt und den Tansanit entfernt.

Ich musste hier weg.

Ich nahm all meine wiedererlangte Kraft zusammen und verließ innerhalb weniger Millisekunden den Raum.

Kapitel 20: Mila

Urplötzlich war Tyler verschwunden. Ich spürte einen sanften Windstoß und schon befand er sich nicht mehr im Blutkonservenlager.

Nun war ich allein, allein mit einem bewusstlosen Mann. Ich schnellte zu ihm herüber, um seinen Puls zu fühlen. Er war schwach, aber da. Vielleicht hätte ich nach ihm schauen sollen, bevor ich Tyler geholfen hatte. In diesem Moment dachte ich nicht darüber nach. Tyler hatte um Hilfe gebeten und ich habe sie geleistet.

Als ich mir den Kopf des Opfers genauer betrachtete, erkannte ich Dr. Mantus, dem ich im Normalfall nicht gern über den Weg gelaufen wäre.

Mein erster Gedanke, einen Rettungswagen zu rufen, schlug ich mir aus dem Kopf. Ich war schließlich in einem Krankenhaus. Auch wenn sich meine Stimme durch die Situation schwach und zittrig anfühlte, schrie ich einmal laut auf – und es schien zu helfen. Innerhalb weniger Sekunden kamen zwei bekannte Gesichter aus dem Krankenhaus die Tür herein. „Schnell! Sagt den Kollegen der Notfallambulanz Bescheid, ich habe ihn hier so gefunden als ich die Blutbeutel einlagern wollte", schilderte ich dem Personal die letzten Minuten, auch wenn das nicht ganz stimmte. Ich hatte die Wunde an Dr. Mantus` Hals gesehen, ich wusste, dass Tyler sein Blut getrunken hatte. Jedoch konnte ich den restlichen Teil des Konflikts nicht nachvollziehen.

Vor allem nicht, dass auch Tyler verletzt wurde. Ein Mensch würde es nie schaffen, einen Vampir so zu verletzen.

Während ich in meinen Überlegungen versunken war, füllte sich der Raum allmählich mit mehr Menschen, die dem Krankenhaus zugehörig waren. Sie versuchten, Dr. Mantus vorsichtig auf eine Trage zu legen, um ihn auf die Intensivstation zu bringen.

Jetzt erst blickte ich mich in dem kalten Raum um. Die kleine Notlüge, die ich eben meinem Kollegen erzählt hatte, würde ich selbst nicht mehr glauben. Dr. Mantus hatte zwar nur eine kleine Bisswunde am Hals, ich jedoch hatte meine Hände überzogen mit frischem Blut. Die leeren Blutkonserven, die ich Tyler gegeben hatte, lagen um mich herum verteilt. Außerdem lag neben mir ein Messer.

Moment, ein Messer?

Vorerst schaute ich, ob meine Kollegen abgelenkt waren und griff dann unauffällig nach dem Messer. Es muss Dr. Mantus oder Tyler gehören.

Noch einmal schaute ich mich um und schnappte mir einen leeren Blutbeutel. Ich wickelte das scharfe Messer in den Beutel ein, ließ es in meiner hinteren Hosentasche verschwinden und verdeckte den herausstehenden Schaft mit meinem Oberteil, sodass es hoffentlich keiner bemerkte.

„Danke Ms. Brennan, dass Sie so schnell Bescheid gegeben haben. Dadurch könnte Dr. Mantus überleben. Falls eine Veränderung seines Gesundheitszustands eintritt, melden wir uns bei Ihnen."

Ohne auf eine Antwort von mir zu warten, verschwand das bekannte Gesicht, das ich in der Notaufnahme schon oftmals angetroffen hatte.

Bevor die Polizei eintreffen sollte, verschwand ich rasch Richtung Ausgang. Ich würde schon genug Probleme bekommen. Mein Auto war glücklicherweise nicht weit von der Blutspende entfernt geparkt und ich konnte unbemerkt vom Krankenhaus verschwinden.

Während der Fahrt versuchte ich tief durchzuatmen. Mein Herz raste wie verrückt. Da ich zuvor selbst Blut gespendet hatte, zitterten meine Hände stärker als sie es sollten.

Mehrmals fasste ich mir mit meiner immer noch blutverschmierten Hand an meine Brust, jedoch ließ sich mein rasendes Herz dadurch nicht beruhigen.

Zu Hause angekommen, schwirrten mir tausend Fragen im Kopf herum. In meiner Wohnung verschloss ich die Tür und marschierte durch den Flur in mein Wohnzimmer. Ich setzte mich auf meine Couch, um meine Aufregung etwas zu senken.

Als ich mich auf das weiche Polster setzte, bemerkte ich einen Druck in meiner hinteren Hosentasche. Erst jetzt fiel mir ein, dass ich das Messer eingesteckt hatte. Ich zog es mitsamt dem leeren Blutbeutel heraus. Mit schnellen Schritten lief ich ins Badezimmer und hielt es mit meinen blutverschmierten Händen unter fließendes Wasser. Nachdem das Messer größten Teils gesäubert war, setzte ich mich wieder auf meine Couch. Ich ließ es in meinen nervösen Händen hin und her wandern und warf einen genaueren Blick darauf. Es hatte einen Schaft aus dunklem Holz, der mit eingeritzten Mustern verziert war. Die Schneide unterschied sich von allen Messern, die ich bisher gesehen hatte: Die Klinge war nicht glattgeschliffen und silber, sondern war bedeckt mit blauen kleinen funkelnden Steinen. Die Oberfläche kantig und die Steinchen besaßen markant scharfe Areale.

Erneut machte sich meine Hosentasche bemerkbar, diesmal war es mein Handy, das in der anderen Tasche vibrierte.

Ich legte das Messer weg und nahm den Anruf meiner Mutter entgegen. Wie jede Woche erledigte ich den üblichen Smalltalk, um sie auf keinen Fall zu beunruhigen.

Nach einer gefühlten Stunde legte ich mein Handy zur Seite. Als ich erneut das Messer anschaute, fühlte ich mich unwohl. Ich wusste nicht, in welche düsteren Machenschaften es schon verwickelt war. Schnell packte ich es in eine Schublade meiner Wohnwand, um so meine trübsinnigen Gedanken zu verstauen.

Durch das ganze Blut, das nach dem Waschen glücklicherweise nicht mehr an meinen Händen klebte, kamen wieder Gedanken an Luke auf. Ich versuchte meine Tränen zu unterdrücken. Ich konnte es einfach nicht verstehen, sein Verhalten machte mich traurig und seine Entscheidung wütend. Ich war nicht der Mensch, der seine Gefühle in der Öffentlichkeit zeigte, aber langsam erdrückten sie mich.

Meine trockene Kehle trieb mich in die Küche, wo ich mir ein großes Glas Wasser einschenken wollte.

Irgendetwas stimmte nicht.

Ich stand an meiner Küchenzeile und drehte mich herum. Auf meinem sonst leeren Küchentisch stand eine Flasche, die ich nicht dort hingestellt hatte.

Schnell griff ich nach der Glasflasche. Als ich sie öffnen wollte, bemerkte ich, dass es Whiskey war. Die Flasche hatte eine Kristallstruktur und war geschwungen geformt. Tyler war der Einzige, der Whiskey trank. Er musste ihn dort hingestellt haben.

Scheiß drauf, dachte ich mir und öffnete aus der Situation heraus den Korken des Whiskeys und nahm einen großen Schluck direkt aus der Flasche. Ich versuchte meine Gänsehaut, die darauffolgte, zu unterdrücken, was mir nicht gelang und lief mit der Flasche in der Hand aus meiner Wohnung zu meinem Auto.

Auf eine anständige Erklärung von Tyler, zur vorherigen Situation, wollte ich nicht länger warten.

Kapitel 21: Mila

Nachdem ich vor Tylers Haustür hastig weitere drei Schlucke des Whiskeys getrunken hatte, um meine Aufregung zu dämpfen, betätigte ich den kalten Klingelknopf.

Es dauerte nicht lange, bis jemand die Tür öffnete, jedoch konnte ich hinter ihr niemanden erkennen.

Trotzdem trat ich in das Haus der Brüder ein und versuchte Tyler ausfindig zu machen.

„Tyler?", rief ich durch das große Haus.

Keine Antwort – ich fragte mich, warum ich etwas anderes erwartet hatte.

Bedächtig schlich ich durch das weitläufige Haus.

Aus dem Untergeschoss tönten Geräusche zu mir nach oben. Im unteren Bereich des Hauses war ich zuvor noch nie gewesen, weshalb sich mein Magen zusammenzog.

Ich musste den Geräuschen nachgehen, redete ich mir mit angetrunkenem Mut ein.

Je weiter ich die Treppen nach unten ging desto lauter wurden die Geräusche. Sie hörten sich wie dumpfe Schläge an. Im Untergeschoss waren die Wände kahl und in grau gehalten. Das Obergeschoss schien dagegen fast eine heile Welt darzustellen. Hier unten war es kalt und trist. Wahrscheinlich bildete ich mir die den eisigen Windstoß nur ein, der langsam über meine warme Haut zog. Nachdem ich eine Treppe beschritten hatte, folgte ein langer Flur. Ich fror vor Kälte und tappte weiter in die Dunkelheit.

Rechts und links zweigten immer wieder Türen ab, an denen ich vorbeihuschte. Ich folgte den dumpfen Schlägen. Sie kamen aus der letzten Tür des endlosen Flures.

Die Tür stand einen Spalt weit offen. Auch wenn ich davor verweilte, konnte ich nichts und niemanden erkennen, aber die Schläge waren deutlich zu hören.

Ich atmete tief ein und aus, bevor ich die Tür ruckartig aufstieß.

Auch hier waren die Wände kahl. Sie waren in Weiß gehalten, an einigen Stellen bröckelte die Farbe von der Wand. In der Mitte des Raumes hing ein schwarzer Boxsack, aus dem an einigen Stellen Schaumstoff quoll und die Nähte aufgeplatzt waren. Außerdem befand sich ein kleiner Holzschemel in der Ecke des Zimmers, auf dem ein gefaltetes Handtuch lag.

Nun zog Tyler meine ganze Aufmerksamkeit auf sich, während er erregt auf den Boxsack einschlug. Ich hatte ihn noch nie in Sportkleidung gesehen, fiel mir zuallererst auf. Meist trug er eine schwarze Lederjacke und zerrissene Jeans. Seine Kleidung war durchnässt und Schweißränder bildeten sich am Hals und unter den Achseln. Er hörte nicht auf zu boxen, jedoch blickte er einige Male desinteressiert zu mir herüber.

„Ich sehe, du hast mein Geschenk erhalten", presste er schwer atmend hervor.

Seine Laune schien nicht auf dem Höhepunkt zu sein.

„Wenn du mir jetzt noch erklären könntest, was ich vorhin im Krankenhaus verpasst habe?", entgegnete ich ihm nervös, aber mit allem Mut, den ich hervorbringen konnte.

„Du hast nichts verpasst. Ich hatte Durst, ich habe getrunken. Er hat mich dabei gestört, also habe ich von ihm getrunken. Ganz einfach." Tyler ging nicht auf mich ein. Kontinuierlich hämmerte er gegen den Boxsack, ohne mich eines weiteren Blickes zu würdigen.

„Und deshalb lagst du blutend auf dem Boden? Als Vampir?" Ich musste wissen, was dort wirklich vorgefallen war. Es ließ mir keine Ruhe.

Erst jetzt hörte Tyler auf zu boxen, ging zu dem kleinen Holzschemel und nahm sich das gefaltete Handtuch.

Überraschend stand Tyler vor mir. Ich schaute an ihm vorbei, das Handtuch lag wieder zusammengefaltet auf dem Schemel.

Er nahm die Flasche Whiskey aus meiner Hand, öffnete sie und nahm mehrere große Schlucke. Bevor er mir die Flasche zurückgab, zwinkerte er mir spielerisch zu. Seine Ignoranz machte mich rasend. Ich nahm weitere große Schlucke aus der Flasche und schrie ihn an: „Tyler! Sag mir einfach was dort passiert war! Verdammt nochmal, ich möchte es doch einfach nur verstehen - bei allem was passiert ist!"

Meine Gefühle für Luke kamen hoch. Mein ganzer Körper bebte vor Wut, auf Luke und auf mich selbst. Wieder kam Tyler auf mich zu und nahm sich den Whiskey. Im Austausch drückte er mir seine Boxhandschuhe in die Hände. „Lass deine Wut raus, es hilft."

Ich nickte kurz und presste meine Hände in die feuchten Handschuhe. Zuvor hatte ich noch nie geboxt, aber gerade schien es ein gutes Ventil für meine Wut zu sein. Ich näherte mich dem Sandsack und schlug einmal mit voller Kraft auf ihn ein. Der Sack bewegte sich nicht einen Zentimeter, aber meinen Arm durchzog ein stechender Schmerz.

„So ein Mist!", schrie ich schmerzerfüllt. Tyler lachte, was mich noch wütender machte.

„Komm, ich zeig's dir", entgegnete Tyler mir und wartete auf meine Reaktion.

Einwilligend nickte ich. Tyler stellte sich hinter mich und umfasste meine Arme mit seinen Händen. Seine Hände waren entgegen meiner Erwartung wohlig warm. Mein Rücken wurde an sein T-Shirt gepresst und ich spürte die Nässe der Kleidung. Während Tyler meine Arme führte und mir die Boxtechnik erklärte, spürte ich seinen Atem in meinem Nacken, was mir Gänsehaut bereitete.

Nach seiner Anleitung schlug ich mehrere Male auf den Boxsack ein und es fühlte sich verdammt gut an. Dann nahm er wieder meine Arme in seine Hände und fuhr mit dem Erklären fort. Nach einer guten halben Stunde stellte Tyler sich neben mich und gab mir ein Handzeichen, dass ich aufhören sollte.

„So, nun kämpfst du gegen mich."

Fragend sah ich ihn an. Sollte ich etwa auf ihn einschlagen? „Na mach schon, anfangs nur gegen meine Hände."

Abwechselnd hob er seine Hände mit den Handflächen zu mir gerichtet.

Anfänglich etwas sanfter, später mit voller Kraft, schlug ich auf seine Handflächen ein. Nach kurzer Zeit ließ er seine Hände kreisen und machte es mir damit schwerer. Beim Endspurt hielt er seine Hände kreuz und quer in alle Richtungen und ließ sie mit rasender Geschwindigkeit wandern. Mit dem letzten Schlag traf ich nicht Tylers Handfläche, sondern den linken Teil seines Brustkorbs. Er zuckte unerwartet zusammen und stieß widerwillig einen kleinen Schrei aus.

„Es tut mir leid!", schrie ich sofort hinterher.

Keuchend gekrümmt stand Tyler vor mir. Es musste die Wunde sein, die er sich im Krankenhaus zugezogen hatte.

„Zeig es mir, Tyler."

„Da ist nichts", erwiderte er.

Diesmal ließ ich mich nicht abwimmeln. Ich zog mir die Boxhandschuhe von den Händen und packte nach seinem T-Shirt. Langsam zog ich es hoch, um ihn nicht noch mehr zu verletzen. Zwischen seinen Rippen zeichnete sich eine lange dünne Wunde ab, die rot leuchtete. Sein Brustkorb hob sich schnell und seine Atemzüge waren kurz. „Das verstehe ich nicht", gab ich leise von mir.

„Das musst du auch nicht verstehen, Mila."

„Ich möchte aber. Warum heilt die Wunde nicht, wie alle anderen Verletzungen in kürzester Zeit?"

„Weil leider nicht alles so läuft, wie man es immer erwartet." Sein sarkastischer Ton war verschwunden und er setzte ein ernstes Gesicht auf.

Tyler versuchte mir etwas zu verheimlichen, er sprach in Rätseln. "Was muss passieren, damit die Wunde wieder heilt?" Er atmete tief durch und schaute mir heute Abend zum ersten Mal direkt in meine Augen.

„Ich muss noch ein wenig Blut trinken."

Verwirrt schaute ich ihn an - das tat er doch immer und zu Genüge?

„Dein Blut ...", flüsterte er.

Als er das erwähnte, blieb mir kurz die Luft weg.

Warum mein Blut?

Nachdem ich nicht auf seine Aussage reagierte, nahm mir Tyler das Ende seines T-Shirts aus den Händen und zog es wieder über seinen Oberkörper.

Er schlenderte zu seinem Holzschemel und trank noch aus der Whiskeyflasche. Langsam näherte ich mich ihm und setzte mich neben den Holzschemel auf den Boden.

Tyler hielt mir die Flasche vor die Nase und bot er mir noch einen Schluck an.

Dankend nahm ich ihm die Flasche ab und, von mir selbst überrascht, trank ich den Rest des guten Whiskeys bis auf den letzten Tropfen aus. Die Wirkung des Alkohols flutete wie eine Welle durch meinen Körper. In meinem Kopf taumelten wilde Gedanken hin und her und ich fühlte mich benebelt.

„Dann nimm dir das Blut", lallte ich vor mich hin. Ich wusste nicht einmal genau, warum ich es sagte. Es fühlte sich aber richtig an.

„Mila, es ist besser, du gehst jetzt. Und lass dir das nicht zwei Mal sagen - so gütig bin ich nicht immer."

Tylers Stimme klang ernst, jedoch lallte er auch.

Ich richtete mich zwar auf, blieb jedoch an meinem Platz stehen und verließ nicht den Raum. Tyler stand auf und stellte sich vor mich, sodass nur noch wenige Zentimeter uns trennten.

„Wenn du wüsstest, wie du mich quälst, Mila. Wenn du wüsstest, wie verlockend die rasende Ader an deinem Hals für mich ist", zischte Tyler.

Sein Blick wanderte immer wieder zu meinem Hals und nur schwer konnte er sich meinen Augen widmen.

Ich erwiderte nichts. Auch ich starrte Tyler nur noch an. Ich fühlte mich geradezu hypnotisiert.

Langsam wanderte sein Mund in Richtung meines Halses. Nicht einmal die Angst zeigte sich mir, als er nur noch wenige Millimeter von meiner Hauptschlagader entfernt war.

Plötzlich verspürte ich einen stechenden Schmerz an meinem Hals. Er hatte es wirklich getan. Ich zischte und krallte mich an seinen Oberarmen fest, um den Schmerz etwas erträglicher zu machen. Seine Zähne bohrten sich immer tiefer in meinen Hals und Tyler begann immer fester zu saugen.

Kurz ließ der Schmerz nach und Tyler sah von meinem Hals ab. Nun schaute er mir in meine Augen. Sein Blick war fesselnd, tiefschwarz blitzten seine Augen, sein blutverschmierter Mund stieß seinen Atem langsam ein und aus. Die Reißzähne standen weiter hervor als seine Schneidezähne.

Als ich tief durch meine Nase einatmete, roch ich erstmals den verblassten Duft seines Parfums. Es musste das gleiche sein, das Luke immer benutzte.

Durch den Blutverlust nahm mein desaströser Zustand zu, ich schloss meine Augen und ließ alle Gefühle auf mich wirken, sowohl Schmerz, Leichtigkeit wie auch Erregung ... Urplötzlich spürte ich Tylers blutverschmierte Lippen auf meinen. Es war nur eine sanfte Berührung.

Leicht öffnete ich meine Lippen und ich spürte seine erneut. Diesmal strich er mit seinen Zähnen an meiner Unterlippe entlang. Durch seine Berührungen stöhnte ich leise auf. Ich traute mich nicht meine Augen zu öffnen.

Langsam begann er mit seinen Lippen meine Wange hinunterzustreifen, bis er meinem pochenden Hals erreichte. Dort stieß er seine Zähne wieder in ihn hinein. Diesmal stöhnte ich laut auf, da ich den Schmerz nicht mehr unterdrücken konnte. „Hör auf zu stöhnen!", befahl Tyler mir. Seine Stimme war ganz die alte: kein Lallen, keine Unsicherheit. Es war leichter gesagt als getan. Ich versuchte, es zu unterdrücken, während er weiter kleine Schlucke aus meiner Ader saugte.

Ich stöhnte zwar leiser, hörte aber nicht ganz auf. Wieder ließ er von meinem Hals ab und starrte mich an, so als würde er nur auf meinen Atem lauschen. Ohne zu zögern nahm Tyler mein Gesicht in seine Hände und presste seine Lippen fest auf meine. Tief atmete ich durch die Nase ein, roch wieder den bekannten Duft des Parfums und erwiderte erregt seine Küsse. Durch den Blutverlust neigten sich meine Kräfte dem Ende zu, sodass meine Knie nachgaben und ich vor Tyler zusammensackte.

Innerhalb einer Sekunde spürte ich einen kräftigen Ruck: Ich schaute Tyler in die Augen. Er hatte mich hochgehoben und meine geschwächten Beine um seine Hüfte gelegt.

Kurz darauf an die Wand gepresst, standen wir still in dem verlassenen Raum. Die Spannung zwischen uns war unerträglich, sie brachte mich um das winzige bisschen Verstand, dass der Alkohol übriggelassen hatte. Erst jetzt bemerkte ich Tylers erregtes Glied, das er mit Kraft gegen mich drückte.

Nun war es nicht nur ich, die stöhnte. Erneut legte er seine Lippen auf meine, immer wilder und fester. Seine Hüfte presste er rhythmisch an meine, immer und immer wieder. Ich spürte, wie ich immer feuchter wurde. Sein Mund setzte wieder an meinem Hals an. Je mehr Blut Tyler trank, desto erregter schien er zu werden als sei er in Trance. Seine Hände wanderten ebenfalls an meinem Körper herunter, sodass er erst meine Brust knetete und danach langsam zwischen meine Beine wanderte. Ich blendete alles andere aus, was sich in meinem Kopf befand. Immer lauter stöhnte ich. Meine Hand wanderte an seinen Rücken, wobei meine Fingernägel sich unter Tylers T-Shirt gruben und ihre Kratzer dort hinterließen.

Ich spürte, wie sein Glied in seiner Hose immer öfter pochte und immer mehr anschwoll.

Ein letztes Mal hakte er seine Zähne in meinen Hals, bevor sich ein schwarzer Schleier vor meine Augen zog. Je mehr er trank, umso dichter wurde der Schleier. Bis sich der Schleier gegen die Realität durchsetzte. Plötzlich war alles um mich herum verschwunden und es fühlte sich an, als würde ich in ein schwarzes Loch fallen.

Kapitel 22: Mila

Ich erwachte langsam, als ich die warmen Sonnenstrahlen auf meiner Haut spürte. Für einen kurzen Moment fühlte ich mich geborgen und pudelwohl.

Sobald ich versuchte mich zu bewegen, fing mein ganzer Körper an zu schmerzen. Vor allem ein stechender Schmerz an meinem Hals erstreckte sich über mein Gesicht bis hin zu meiner Stirn. Ich konnte meine Augen nur mit großer Anstrengung öffnen. Ich musste einige Male erschwert blinzeln.

Den gestrigen Abend in Erinnerung zu rufen, gelang mir nicht. Sobald ich eine Erinnerung in mein Gedächtnis rief, lösten sich andere plötzlich in Luft auf, sodass kein vollständiges Bild entstehen wollte.

Langsam, um meinen anscheinend geschädigten Körper nicht zu überfordern, bewegte ich meinen Kopf nach links und nach rechts. Es fühlte sich an, als würde sich die komplette Welt um mich drehen.

Nun erinnerte ich mich nicht nur an den Whiskey, den ich gestern getrunken hatte, sondern spürte ihn deutlich.

Sachte richtete ich mich auf, schwankte, während ich mich an meiner Bettkante aufsetzte. Ich nahm all meine restliche Kraft zusammen, stellte mich auf und lief zu meinem Spiegel. Was ich dort sah, spiegelte meine Gefühle wider: Oben angefangen, stellten sich meine Haare in alle Richtungen. Teilweise waren sie verfilzt oder stark verknotet. Mein Gesicht war im normalen Zustand schon fahl, aber mein jetziger Zustand würde selbst Geister verschrecken. Mit der Hand strich ich einmal über meine knochige Wange. Meine Haut war eingefallen, als hätte ich die letzten Tage nicht genug gegessen.

Meine Augen strahlten keine Freude aus. Seit Luke weg war, strahlten sie nicht mehr. Der Glanz war verschwunden.

Mein Herz raste, als ich mir meinen Hals anschaute. Es war nicht sofort zu erkennen, jedoch zeigten sich bläuliche Hämatome in der Nähe meiner Hauptschlagader. Sofort fing mein ganzer Körper an zu zittern. Meine Erinnerungen waren zwar nicht vollständig, aber wenn Alkohol und Tyler im Spiel waren, konnte es nicht gut geendet haben.

Nachdem ich diesen Anblick im Spiegel gesehen hatte, ließ ich mich in einem Ruck auf mein Bett fallen, mit dem Gesicht voran. Sofort schlich sich ein unangenehmes Gefühl ein. Der Gedanke, etwas Falsches getan zu haben, zog sich durch meinen ganzen Körper. Mein Magen krampfte sich im Sekundentakt zusammen. Meine Hände waren kalt und schweißig. Ich wusste nicht genau, was mein Gewissen plagte, aber etwas Gutes würde es nicht sein.

Auch wenn mein Körper mich gerade im Stich lassen wollte, musste ich zu Tyler fahren und fragen, was am Vorabend passiert war.

Schon auf dem Weg zu ihm begann mein Herz wilder zu rasen - nicht vor Freude, sondern aus Angst.

Es wurde nicht besser als ich vor seiner Tür stand. Tief atmete ich ein, um verzweifelt meinen verbliebenen Mut zu sammeln, bevor ich die Klingel betätigen wollte.

Ehe es dazu kam, öffnete sich die Tür überraschend von selbst. Tyler empfing mich wie immer mit einem ernsten Gesichtsausdruck.

„So laut wie dein Herz schlägt, würde man dich bis zum Nordpol hören", spottete er und verließ die Tür in Richtung der Couch. Wahrscheinlich hatte sich mein Gesicht von einer eleganten Leichenblässe zu einem prächtigen Tomatenrot gewandelt. Zögernd schritt ich in das große Haus, von meinem Vorhaben selbst noch nicht überzeugt. Mit dem Rücken zugewandt, saß Tyler auf der Couch und schwieg.

Mit zitternden Knien wankte ich langsam in seine Richtung. Ich wagte es, mich neben ihn zu setzten, obwohl sich das schlechte Gewissen in mir breitmachte. Kurze Zeit schwiegen wir uns an, bis Tyler trocken fragte: „Mila, was willst du hier?" Kurz schluckte ich meine Angst herunter.

„Sag mir, was gestern passiert ist."

Auch wenn ich versuchte, mir meine Angst nicht anmerken zu lassen, spürte ich, dass meine Stimme zitterte.

Tyler drehte sich zu mir um und starrte mir in die Augen.

„An was kannst du dich noch erinnern?"

„Hast du mich manipuliert?", setzte ich ihm sofort entgegen. Selbst als Luke noch dagewesen war, hatte ich Angst vor einer Manipulation, auch wenn ich es vor ihm nie zugegeben hätte. Diese Ungewissheit, wie ich sie auch jetzt in mir trug, konnte ich nicht gut ertragen. Überraschenderweise entglitt nun auch Tylers Gesicht, obwohl er immer das perfekte Pokerface besaß.

„Ich habe dich nicht manipuliert", sagte er.

Ich glaubte ihm.

Behutsam, ohne mich verschrecken zu wollen, ließ Tyler seine Hand zu meinem Hals gleiten. Er legte seine Hand auf meine Blutergüsse und begann mit seinem Daumen über sie zu streicheln.

Wie ein Blitz trafen mich plötzlich all die Erinnerungen an den gestrigen Abend. Jede einzelne Situation, sei es mein Ankommen, die Flasche Whiskey oder dass Tyler mein Blut getrunken hatte. Aber auch die Tatsache, dass ich ihn mein Blut trinken lassen habe und wir uns dabei nähergekommen waren. Eindeutig zu nah.

Sofort schreckte ich von seiner Hand zurück. Tyler spürte, dass ich mich erinnern konnte. Kein einziges Wort ging in diesem Moment über meine Lippen. Die Gefühle in mir fuhren Achterbahn.

Meine Gefühle für Luke waren immer noch so stark wie zuvor, jedoch warf mich der gestrige Abend aus der Bahn. Natürlich wurde ich gestern durch den Whiskey beeinflusst, gezwungen wurde ich aber nicht. Auch jetzt fühlte ich eine gewisse Anziehung, wenn ich neben Tyler saß. Ich konnte gerade nicht zwischen richtig und falsch unterscheiden. Das schlechte Gewissen, gepolt mit einer erschütternden Gefühlswelle, überzog gerade meinen ganzen Körper von Kopf bis Fuß.

„Ich … ich muss gehen … jetzt", stotterte ich vor mich hin und stand ruckartig auf. Sofort spürte ich, wie sich der bekannte schwarze Schleier vor meine Augen zog. Meine wackeligen Knie gaben endgültig nach und brachen in sich zusammen. Der geraume Blutverlust in den letzten Wochen machte es meinem Körper nicht einfach. Überraschenderweise spürte ich kein hartes Aufkommen auf dem Boden. Ich spürte allein Tylers warmen Oberkörper, auf dem ich lag. Seine Arme lagen um meinen Bauch herum, ganz sanft, ohne mich zu verletzen.

„So schnell kommst du mir nicht davon", schmunzelte Tyler. Seinen Sarkasmus würde er selbst kurz vor dem Tod nicht verlieren.

Mit Leichtigkeit nahm Tyler mich hoch und legte mich vorsichtig auf der Couch ab. Er selbst hockte sich neben mich und legte behutsam seine Hand auf meinen Arm. Meine Lunge brannte, als hätte ich Wochen in der Wüste verbracht. Es fühlte sich an, als wäre atmen eine Meisterleistung.

„Mein Blut wird dir helfen", flüsterte er mir zu.

Noch bevor Tyler mir die Entscheidung überließ, führte er sein Handgelenk zu seinem Mund und rammte seine Zähne hinein. Sofort lief das dunkle Blut seinen Arm herunter und tropfte zu Boden. Er zögerte einen Moment, ehe er sich mit seinem Handgelenk meinem Mund näherte.

„Was mein ist, ist auch dein", raunte er und schmiegte sein Handgelenk an meinen Mund. Das Aroma von Eisen legte sich über meine Geschmacksnerven. Es war zwar leicht metallisch, aber nicht abschreckend. Als ich mich daran gewöhnt hatte, saugte ich mehr an seinem Arm. Ich hörte nur wie Tyler aufstöhnte, obwohl die Schmerzen aushaltbar für ihn sein müssten. Enorme Kraft flutete durch meinen Körper und ich fühlte mich wie neu geboren.

Plötzlich zog Tyler seinen Arm ruckartig von mir weg. Schwer atmend schaute er mich an und leckte sich dabei über die Lippen. Auch ich war immer noch außer Atem, obwohl meine Kraft zum größten Teil zu mir zurückgekehrt war. Unsere Blicke konnten wir nicht voneinander lösen. Tyler bewegte seine Hand langsam auf mich zu und legte sie mir diesmal auf meine Wange. Zögernd wischte er mir das Blut von meinen Lippen und schaute mir dabei immer noch tief in die Augen.

Mein Körper war wie in einem Schockzustand. Ich wusste zwar, was gerade um mich herum passierte, ich nahm auch alles wahr, jedoch konnte ich mich nicht rühren, geschweige denn fortbewegen. Gefühlt vergingen Minuten, in denen wir so beieinander verharrten.

Plötzlich klingelte mein Handy, was mich aufschrecken ließ. Schnell löste ich mich aus der fast vertrauten Position und griff in meine Hosentasche.

Es war das Krankenhaus.

Ich gab Tyler mit einem Handzeichen zu verstehen, dass ich kurz telefonieren musste.

Wieder auf den Beinen schritt ich so schnell ich konnte zum nächsten Badezimmer und verschloss die Tür hinter mir. „Brennan, wer ist dran?"

„Hallo, hier ist Dr. Piccolt von der Intensivstation. Ms. Brennan, ich wollte Ihnen nur mitteilen, dass Dr. Mantus wieder in einem besseren Gesundheitszustand ist. Ich dachte, das sollten Sie vielleicht wissen. Die Besuchszeiten kennen Sie ja, falls sie Interesse haben."

„Danke, ich werde so schnell wie möglich vorbeikommen. Auf Wiederhören."

Ich legte meine Hände auf die Anrichte und drehte den goldenen Wasserhahn mit kaltem Wasser auf. Als ich mich im Spiegel betrachtete, erschrak ich. Mein Mund war blutverschmiert und meine orangefarbene Mähne verworrener als zuvor.

Rasch nahm ich eine Hand des Wassers und schüttete es mir über mein ganzes Gesicht. Ich wiederholte es noch einige Male, bis kein Blut mehr auf meinem Gesicht zu sehen war. Kurz bevor ich das Badezimmer verließ, atmete ich noch einmal tief ein.

Im Wohnzimmer saß Tyler immer noch auf der Couch.

Ohne große Worte zu verlieren, schritt ich zur Tür. Mein Gefühlswirrwarr ließ nicht zu, dass ich Worte für die vergangenen Situationen fand.

„Ich muss gehen … und danke."

Die Worte kamen zögerlich aus meinem Mund, aber ich empfand sie für angebracht … Tyler schwieg weiterhin und starrte ins Leere. Auch wenn es mir schwerfiel, schloss ich hinter mir die Tür und fuhr nach Hause.

Kapitel 23: Mila

Aufgewühlt eilte ich durch meine Wohnung. Ich war mit den Gedanken nicht mehr bei mir. Jedes Mal, wenn ich versuchte mein Leben zu ordnen, brachte es einer der Brüder durcheinander.

Bevor ich mich ins Krankenhaus zu Dr. Mantus begeben wollte, musste ich mich frisch machen. Meine gelockten Haare waren zerzaust. Mittlerweile sah ich durch Tylers Blut zwar annähernd wie ein normaler Mensch aus, aber eine Dusche würde mir mit Sicherheit sehr guttun.

Ich ließ das heiße Wasser mindestens eine halbe Stunde einfach über meinen kalten Körper prasseln. Bis auf das Geplätscher des Wassers hörte ich nur mein Herz klopfen. Entspannung war mir in den letzten Monaten ein völlig fremder Begriff geworden. Ich hatte nicht einmal mehr Zeit mich mit meiner Familie zu treffen oder mit Jenna, die ich nur noch auf der Arbeit sah. Innerlich nahm ich mir vor, dass in nächster Zeit auf meine To-Do-Liste zu setzen.

Nach der angenehmen Dusche zog ich mir eine mit Blumen gemusterte Bluse an und eine meiner bequemen schwarzen Jeans. Ich schnappte mir meine Handtasche und als ich die Tür öffnete, um die Wohnung zu verlassen, stieß ich mit Tyler zusammen.

„Tyler …", stotterte ich, während ich einige Schritte zurück in meine Wohnung wich.

Ohne etwas zu erwidern, kam er Schritt für Schritt auf mich zu.

„Was machst du hier?", fragte ich ihn.

Er ließ seinen Blick über mich schweifen: Ich erhoffte mir, dass meine Unsicherheit unbemerkt bleiben würde.

„Möchtest du etwas trinken? Ein Wasser vielleicht?"

„Nein, danke", entgegnete er mir trocken.

Mein Herz raste, Tyler machte mich verrückt. Wenn ich mit ihm sprach, konnte ich kaum klare Gedanken fassen, während diese Spannung zwischen uns herrschte. Sofort war mein Gefühlschaos wieder da, als wäre es nie weg gewesen.

Je näher er mir kam, desto zittriger wurden meine Knie. Immer noch wusste ich nicht, warum Tyler hier war. Mittlerweile stand er unmittelbar vor mir. Es machte mich rasend, dass er mir meine Frage nicht beantwortete.

„Tyler, was tust du mit mir? Warum fühle ich mich in deiner Gegenwart ... anders?", platzte es aus lauter Verzweiflung aus mir heraus.

Seine strahlend blauen Augen fixierten sich auf meine.

„Gefühle verändern Menschen", flüsterte er.

Sofort zog sich mein Magen schmerzhaft zusammen. Ich wusste selbst, dass etwas zwischen uns war, aber ich liebte noch immer Luke.

„Sie verändern nicht nur Menschen", entgegnete ich ihm.

Tyler schritt an mir vorbei in meine Küche und setzte sich an den Küchentisch. Während ich ebenfalls in meine

Küche kam, fuhr er mit seinen Fingern verloren über den Tisch. „Vampire, … also ich, fühle nicht."

Sein Blick wandte sich nicht von dem Tisch ab, als könnte er es nicht mehr ertragen mich anzusehen.

„Luke fühlt, also kannst du auch fühlen", entgegnete ich ihm trocken.

„Du kannst mich nicht mit Luke vergleichen."

„Warum nicht? Ihr seid beide Vampire und Luke kann …"

„Hör auf!", schrie Tyler und richtete sich sichtlich wütend auf.

„Hör auf, mich mit Luke zu vergleichen!", brüllte Tyler mich an. Ich spürte nur einen kurzen Druck und bemerkte, dass er mich an die Wand gestellt hatte und sein Körper sich aufbäumte.

„Einen Fehler, der ihn damals fast das Leben gekostet hätte, begeht er erneut. Er war so verdammt dumm, sich auf einen Menschen eingelassen zu haben!"

„Und was tust du?!", fauchte ich ihn an.

„Ich versuche wenigstens dagegen anzukämpfen!", schrie er mir ins Gesicht.

Danach herrschte eiserne Stille. An seinem Gesichtsausdruck konnte man den Schock über seine eigenen Worte erkennen. Gerade hatte Tyler zugegeben, dass er Gefühle für mich hat.

„Und? Funktioniert es?", wollte ich von ihm wissen. Meine Frage überraschte Tyler.

Verloren schaute ich in seine Augen, die nur seinen Hass widerspiegelten.

Kommentarlos legte er seine Lippen auf meine. Seine Reaktion erzeugte tausend Funken in meinem Bauch. Ich wusste, gegenüber meinen Gefühlen für Luke war es nicht richtig, aber ich konnte nicht aufhören. Wie in der Nacht, in der wir schon einmal an dem gleichen Punkt standen, überfiel er mich mit voller Wucht. Seine Lippen küssten mich entlang meines Halses und auf meinem Dekolletee. Es fühlte sich einfach zu schön an, meine Vernunft konnte sich nicht durchsetzen. Die Erregung pochte in mir, sodass meine klaren Gedanken, die ich versuchte aufrechtzuerhalten, immer weiter in den Hintergrund rückten. Diesmal konnte ich mein Verlangen nicht auf den Alkohol schieben. Beim ersten Mal war es ein Versehen, beim zweiten Mal eine Entscheidung.

Kurz hob Tyler den Kopf und schaute mich an: „Wir waren vorhin noch nicht fertig", zischte er - und ich wusste genau, was er meinte.

Jedes einzige Mal in der letzten Zeit, in der wir uns zufällig getroffen hatten, sind wir uns nähergekommen, jedoch nie so nah.

Tyler schnappte mich und lief mit mir zum Sofa. Über mich gebeugt, küsste er mich immer wieder, während er mir meine Bluse über den Kopf zog. Es war viel intensiver als mit einem Menschen: Jeder Kuss und jede Berührung von ihm waren mit einer gewissen Stärke versehen. Sie durchdrangen meinen Körper mit einer Flut an Gefühlen.

Ich erlaubte Tyler mit einer Geste, dass er auch meine Hose öffnen durfte. Schneller als erwartet, flog diese einmal quer durch den Raum. Für meine Unterwäsche ließ er sich noch weniger Zeit, indem er sie zerriss. Nachdem ich meinen BH geöffnet hatte und von mir gleiten ließ, lag ich vollständig nackt unter ihm auf der Couch.

Langsam stand er auf und zog sich seine Kleidung vom Körper, während er meinen Körper von oben bis unten musterte. Nun ebenfalls nackt legte er sich über mich. Sein Glied war stark erregt und drückte gegen die Innenseite meines Schenkels, während wir uns weiter küssten. Bei jedem Stöhnen, das er von sich gab, pulsierte sein Penis. Mein schlechtes Gewissen rückte immer weiter in den Hintergrund - ich wollte ihn nur in mir spüren.

„Steck ihn rein", flüsterte ich Tyler mit rauem Ton ins Ohr. Das ließ er sich nicht zweimal sagen. Kurz danach drang er in mich ein. Sogleich stöhnten wir. Er füllte mich aus.

Rhythmisch, aber langsam, begann er sich in mir zu bewegen. Es dauerte nicht lange, bis er schneller und wilder wurde. Seine Küsse auf meinem Hals wurden zu einem sanften Knabbern. Seine Art erregte mich immer mehr. Ich stöhnte intensiver und lauter.

Ich nahm sein Gesicht in meine Hände, um ihn auf den Mund zu küssen. Tyler sah nicht mehr normal aus: Die Adern unter seinen Augen traten hervor und seine Augen waren tiefschwarz. Auch er hielt inne, denn er konnte erahnen, was ich sah.

„Ich versuche mich zu beherrschen", flüsterte er, schloss die Augen und wartete kurz. Schon nach ein paar Sekunden verblassten die Adern unter seinen Augen und als er sie öffnete, strahlte mir die meeresblaue Farbe entgegen.

Nun konzentrierte sich Tyler nicht mehr auf meinen Hals, sondern versuchte mich nur auf den Mund zu küssen.

Es dauerte nicht lange, bis wir beide der Ekstase nahe waren. Wir stöhnten um die Wette und es gab kein Halten mehr.

„Mila, ich komme!"

Er stieß noch schneller und sein Penis pulsierte unaufhörlich in mir. Auch bei mir begann sich mein Körper auf den Höhepunkt vorzubereiten, alles zog sich innerlich zusammen und kurz danach schrie ich den Orgasmus heraus.

Erschöpft lagen wir aufeinander und holten beide vermehrt tief Luft.

„Du hast dich zurückgehalten ...", sagte ich, obwohl ich diese Worte nicht laut aussprechen wollte.

Plötzlich verdunkelte sich seine Miene. Er entfernte sich von mir und zog sich seine Kleidung über.

„Ich muss gehen Mila, ich habe noch etwas zu erledigen."

„Tyler, rede mit mir darüber", entgegnete ich ihm, während ich mir meine Bluse und meine Hose zusammensuchte. Meine Worte ließen ihn spüren, dass er zum ersten Mal nicht wie ein blutrünstiges Monster gehandelt hatte – zumindest war das meine Intention dahinter gewesen. Als ich meine Hose vom Boden aufsammelte, und auf Tylers Erklärung wartete, bemerkte ich eine unheimliche Stille hinter mir. Und wieder einmal war er verschwunden. Wieder einmal war er vor seinen Problemen weggelaufen.

Im nächsten Moment wurde mir klar, dass ich meine Probleme auch nicht versuchte zu lösen. Verdrängung stand im Moment bei mir an erster Stelle. Meine Hand legte ich langsam auf meine Stirn, um für eine Sekunde meine Gedanken zu sammeln.

Verdammt! Das Krankenhaus kam mir wieder in den Sinn. Hektisch schaute ich auf meine Uhr: Die Besuchszeit war fast vorüber, so ein Mist! Bevor ich die Wohnung verließ, kehrte ich noch einmal zur Schublade zurück und holte das Messer, das ich im Blutkonservenlager gefunden hatte hervor und steckte es in meine Handtasche. Ich musste mich auf die ursprüngliche Situation konzentrieren. Wenn Tyler mir schon nicht erklären wollte, was im Blutkonservenlager passiert war, dann konnte das vielleicht Dr. Mantus tun.

Kapitel 24: Mila

Unterwegs zum Krankenhaus kaufte ich einen zugegeben zu kitschigen Blumenstrauß an der Tankstelle, um nicht mit leeren Händen zu Dr. Mantus zu kommen. Auch wenn wir beruflich nicht gut miteinander auskamen, gehörte sich das meiner Meinung nach. Ich wusste nicht, wie er auf mich reagieren würde. Im Blutkonservenlager hatte er schon längst das Bewusstsein verloren. Vermutlich konnte er sich nicht mehr daran erinnern, mir an diesem Tag begegnet zu sein. Ich erhoffte mir trotzdem, dass er mir etwas über den Vorfall mit Tyler und das besondere Messer sagen konnte.

Am Krankenhaus angekommen, schnappte ich mir einen der letzten Parkplätze.

Mein Leben hatte sich, seitdem ich Luke begegnet war, vollkommen auf den Kopf gestellt. Ich war auf dem Weg zu einem Patienten, der von einem Vampir gebissen wurde, mit dem ich zuvor geschlafen hatte. Währenddessen hatte mich ein anderer Vampir verlassen, weil er mich fast umgebracht hatte. Es war einfach verrückt. Bevor ich meine Gedanken weiterführen konnte, begegnete ich auf dem Weg zur Intensivstation Dr. Piccolt, der mich mit seinem beruhigenden Gemüt empfing.

„Ich gebe Ihnen ein paar Minuten mehr, Ms. Brennan", flüsterte er mir zu, während er mich zu Dr. Mantus` Bett führte. Ich nickte, um meine Dankbarkeit ausdrücken und verabschiedete ich mich von ihm.

Nur ein paar Schritte entfernt von mir lag Dr. Mantus flach im Krankenbett. Er schaute verloren an die Decke. Sein Körper sah mitgenommen aus, die Atmung schien ihm noch sehr schwer zu fallen, denn sein Brustkorb hob sich nur mit Mühe.

Vorsichtig näherte ich mich seinem Bett, um ihn nicht zu erschrecken.

„Dr. Mantus?", flüsterte ich, um zu schauen, ob er mich bemerkte.

Es dauerte ein paar Sekunden, bis er auf meine Frage reagierte. Seinen Blick wandte er zu mir, schwieg jedoch weiterhin. Ich legte den Blumenstrauß auf seinem Nachttisch ab und setzte mich neben das Bett auf einen Stuhl.

Ich musterte ihn und mein Blick verharrte an der Wunde an seinem Hals. Sie schien mit einigen Stichen genäht worden zu sein.

„Er hat Ihnen das auch angetan, nicht?"

Dr. Mantus` Stimme, die kaum zu hören war, ließ mich wieder von seiner Wunde aufblicken. Ich schwieg.

„Sie können mit mir darüber reden, ich weiß über alles Bescheid: Was er ist, was er tut und was er vorgibt zu sein, zumindest in ihrer Gegenwart", zischte er, soweit es ihm möglich war.

Über seine Aussage war ich irritiert.

„Wie meinen Sie?", fragte ich verwirrt.

Was versuchte Tyler denn in meiner Nähe ‚zu sein'? Auf diese Antwort war ich gespannt, denn woher kannte er eine Verbindung zwischen mir und Tyler?

Bevor er mir meine Frage beantworten konnte, musste er tief Luft holen, denn selbst ein kurzes Gespräch schien seinen noch schwachen Körper aus der Bahn zu werfen.

„Mich sollte dein Leben nicht interessieren, aber mich interessiert das Leben mystischer Wesen. Wenn sie jedoch das Leben einer schönen Frau komplett durcheinander bringen ..." Dr. Mantus holte erneut Luft, die Anstrengung war ihm immer mehr anzusehen.

Was meinte er damit?

„Das müssen Sie mir etwas näher erläutern", versuchte ich gefasst hervorzubringen.

Sein Brustkorb hob und senkte sich immer schneller.

„Finde Luke. Er versucht sicher auch dich zu finden, wenn er überhaupt noch die Kraft dafür aufbringen kann. Womöglich habe ich die Waffe dem falschen Bruder ausgehändigt."

Dr. Mantus sprach für mich in Rätseln.

„Welche Waffe?" - und plötzlich, zeitgleich mit den Worten, die meinen Mund verließen, fiel mir ein, welche Waffe bei mir in der Handtasche lag. Die Waffe, die auch Tyler verwundet hatte.

Ich holte das Messer unauffällig aus meiner Tasche heraus, sodass es für das Krankenhauspersonal unbemerkt blieb, Dr. Mantus es aber in seinem Blickfeld hatte.

„Das ist mein eigenes Messer, mit dem ich mich wenigstens gegen ihn wehren konnte, auch wenn ich nun hier auf der Intensivstation liege. Er hat noch mehr Waffen aus dem Gestein erschaffen. Behalte das Messer nah bei dir, dann kann er dich nicht kontrollieren", befahl er leise.

Langsam konnte ich ein paar Teile des Puzzles zusammensetzen.

„Ms. Brennan, Sie müssen jetzt gehen. Dr. Mantus` Zustand ist noch nicht wirklich stabil und wir können ihn nicht noch einem größeren Risiko aussetzen. Ich muss Sie bitten, die Station zu verlassen." Dr. Piccolts zuvor beruhigende Miene schien wie verflogen und seine Stimme klang genauso kalt wie verärgert, jedoch hatte ich nun mehr Informationen als zuvor.

Eines wurde mir immer mehr bewusst: Tyler wusste mehr, als er zugeben wollte. Mir war unwohl dabei, ihn wieder aufzusuchen, aber ich musste wissen, was es mit Lukes Verschwinden auf sich hatte, welche Rolle das mystische Messer dabei spielte und warum Tyler mir etwas verheimlichte.

Ich verließ die Intensivstation und vertröstete ein paar Kollegen auf dem Flur, da ich wieder einmal keine Zeit für sie hatte.

Kapitel 25: Tyler

Nachdem ich Mila kommentarlos stehen lassen hatte, lief ich los. Durch meine Schnelligkeit würde ich das Krankenhaus eher erreichen als sie. Während ich instinktiv in Richtung Krankenhaus lief, dachte ich über die heute geschehenen Situationen nach: Mila hatte mein Blut getrunken. Noch nie hatte ich einem Menschen mein Blut zur Heilung gegeben. Der Gedanke an ihre Hingabe erregte mich erneut. Ich musste ihr nach Hause folgen, nachdem sie durch den Anruf mein Haus schnell verlassen hatte. Meine Gier nach ihr war groß, aber sie schien es ebenfalls gewollt zu haben. Mein sexuelles Verlangen war zwar befriedigt, jedoch war meine Lust auf Blut größer denn je. Es war schwer zu widerstehen, ich konnte meine Gefühle kaum unter Kontrolle halten.

Auf dem Parkplatz des Krankenhauses war Milas Auto noch nicht zu sehen.

Zuallererst würde ich den Arzt aufsuchen, mit dem Mila am Telefon sprach.

Ich nahm den bekannten Eingang über die Blutspende, in der ich mich gut auskannte.

Gezielt lief ich den Hauptgang entlang, der zu den Aufzügen führte.

Kurz bevor ich ihn erreichte, blieb ich abrupt stehen. Ein bekannter Geruch stieg mir in die Nase.

Als ich mich herumdrehte, stand direkt hinter mir Milas Freundin Jenna. Sie schaute mich überrascht an.

Anfangs behandelte sie mich wie jeden ihrer Patienten, doch etwas stimmte nicht.

„Kann ich Ihnen weiterhelfen?", fragte sie schüchtern, „kennen wir uns irgendwo her?"

Als ich sie das letzte Mal hier im Krankenhaus traf, hatte ich sie im Lager manipuliert, damit sie mich in Ruhe ließ. Oft blieb zwar keine Erinnerung an die vergangene Situation, jedoch ein Gefühl zurück. Die meisten Menschen konnten es nicht deuten, deshalb zog es an vielen vorüber. Sie schien aber eine Hartnäckige zu sein. Doch es war nicht ihre Erscheinung, die mich anhalten ließ, sondern ihr Geruch. Sie musste einen von Milas Kasacks tragen. Der Duft umhüllte mich und ich konnte ihr erst verzögert auf die Frage antworten: „Ja, wir haben uns schon einmal gesehen. Ich war hier zur Blutspende."

Ich setzte mein gestelltes Lächeln auf, was die meisten Frauen schwach werden ließ. Bei jedem meiner Atemzüge wickelte mich ihr Duft mehr ein. Mein Hunger meldete sich sofort, ich verspürte ihn immer, wenn ich an Mila denken musste.

Meine Gedanken ließen sich nicht mehr ordnen, einerseits wusste ich, dass ich zu Dr. Mantus musste, aber andererseits konnte ich nicht widerstehen.

Wie so oft, war es zu spät. Ich hatte mich nicht unter Kontrolle. Ich schaute Jenna tief in die Augen.

„Komm mit mir!", befahl ich ihr.

Natürlich tat sie, was ich von ihr verlangte. Trotz des Kontrollverlustes lief ich, ohne aufzufallen, zu den Aufzügen und wartete, bis sich eine der Türen öffnete.

Ich spürte, wie mir der Speichel im Mund zusammenlief und meine Reißzähne sich zeigten. Ein lautes ‚Bing' ertönte, der Aufzug stand für uns bereit. Nachdem die Türe sich geöffnet hatte, traten Jenna und ich ein.

Als sich die Türe schloss, drückte ich sofort die Stopp-Taste, der Aufzug hielt in der nächsten Etage an. Jenna schaute sich nervös um und fragte, was wir hier taten. Wieder schaute ich ihr tief in die Augen und beteuerte, dass sie keine Angst haben brauchte. Das sagte ich nicht allen Menschen, aber im Krankenhaus würde es zu viel Aufsehen erregen, wenn jemand in einem Aufzug aufschreien würde.

Kraftvoll drückte ich Jenna an ihren Schultern an die silberne Wand. Durch meine Manipulation atmete sie ruhig und sagte keinen Ton. Als ich erneut einatmete, fühlte es sich an, als würde Mila mich umhüllen. Die Adern unter meinen Augen zeigten sich und meine Reißzähne wurden sichtbar. Der Gedanke, es könnte Milas Blut sein, machte mich rasend. Ich musste zugeben, dass kein Blut so auf mich wirkte wie ihres. Es war unbeschreiblich.

Ich schloss meine Augen und biss Jenna voller Genuss in den Hals. Das warme Blut erfüllte meinen Mundraum. Ich biss fester zu, um mehr zu bekommen.

Nun hörte ich nur noch auf mein Verlangen. Das Blut floss meine Mundwinkel herunter. Auch wenn es zu viel Volumen in meinem Mund einnahm, sog ich fester und fester. Es schmeckte zwar nicht so fantastisch wie Milas Blut, aber an Aufhören war noch lange nicht zu denken. Die Zeit spielte für mich keine Rolle mehr. Mein Blutdurst war kaum zu stillen, da ich mich bei Mila beherrschen musste.

Nachdem ich eine geraume Zeit an ihrem Hals gesaugt hatte, spürte ich, wie ihr Körper immer schwerer und schwerer wurde. Sie war längst bewusstlos.

Nachdem ich langsam meine Umwelt wieder wahrnahm, fixierte ich die Wunde an Jennas Hals mit einem großen Pflaster, das ich ihr aus dem Kittel gezogen hatte. Jenna kam langsam zu sich und ich manipulierte sie, damit sie alles vergaß, was hier im Aufzug geschehen war. Außerdem wies ich sie an, das Blutbad, das natürlich durch einen geplatzten Blutbeutel entstanden war, säubern zu lassen.

Durch meine Gier hatte ich meinen Plan aus den Augen verloren. Mila befand sich wahrscheinlich längst auf der Station bei Dr. Mantus. Das hätte nicht passieren dürfen.

Den Stopp-Knopf löste ich, damit der Aufzug Bewegung aufnahm.

Mein Kopf war wie benebelt. Warum brachte Mila mich so aus der Fassung? Niemals wollte ich das für einen Menschen empfinden, was ich gerade für Mila empfand!

Das Geräusch der Aufzugtür riss mich aus meinen Gedanken. Auf der Ebene der Intensivstation angekommen, verließen Jenna und ich den Aufzug, als wäre nie etwas zwischen uns passiert. Ein wenig schneller betrat ich die Station, versuchte aber, nicht allzu sehr aufzufallen.

Nach den ersten Betten führte der Gang um die Ecke. Dort sah ich im Augenwinkel Mila am Bett von Dr. Mantus sitzen.

Bevor ich mir einen Plan überlegen konnte, tippte mich jemand von hinten an die Schulter.

„Entschuldigen Sie bitte, kann ich Ihnen helfen?", fragte ein Arzt, der die gleiche Stimme besaß, die ich bei Milas Telefongespräch gehört hatte. Sofort ergab sich ein Plan, der viel leichter auszuführen war. Auch ihm schaute ich tief in die Augen und fing an, mir ein Spielchen mit seinen Gedanken zu erlauben.

„Sagen Sie Ms. Brennan, dass sie gehen soll. Dr. Mantus braucht Ruhe, er ist noch nicht stabil. Lassen Sie sich nicht abwimmeln!"

Sofort marschierte der Arzt zu Mila und Dr. Mantus. Ich sah nur, dass er Mila den Ausgang zeigte. Kurze Zeit später stand Mila auf und verabschiedete sich von ihm und Dr. Mantus. Solange verließ der Arzt seine Position nicht. Brav.

In nächster Nähe befand sich eine Tür. Ich betrat einen kleinen dunklen Abstellraum. Langsam schloss ich sie hinter mir, sodass Mila, wenn sie ging, keine Überraschung erlebte.

Es dauerte nicht lange, bis ich ihre Schuhe auf dem Gang hörte. Als diese weit genug entfernt waren, begab ich mich auf die Station.

Wie ein normaler Besucher näherte ich mich Dr. Mantus` Bett. Ich setzte mich auf den Stuhl, der unmittelbar neben dem Bett stand. Mit Absicht räusperte ich mich ungewöhnlich laut, damit er aufwachte. Er wirkte schwach und hilflos.

Als Dr. Mantus seine Augen öffnete und in mein Gesicht blickte, sah ich die pure Angst in ihm aufleuchten. Es war dieses Gefühl, das mich sofort beflügelte. Sein Brustkorb bebte. Er begann zu hyperventilieren.

„Ich würde Ihnen ja versichern, dass alles gut ist und Sie ruhig bleiben können, aber Sie haben recht: Jetzt dürfen Sie sich fürchten."

Als er trotz seines geschwächten Körpers einen Fluchtversuch starten wollte, befahl ich ihm, dass er sich nicht bewegen sollte. Vor Angst zitterte sein ganzer Körper, aber er war nicht in der Lage wegzulaufen. Wie eine Fliege, gefangen im großen klebrigen Spinnennetz.

„Was hast du ihr erzählt?", fragte ich ihn, während ich mit den Blumen auf seinem Nachttisch spielte.

„Ich habe ihr nicht viel erzählt … ich habe … ich habe nur gesagt …"

„Was hast du gesagt?!" Ich wurde lauter, denn sein Stottern machte mich wütend.

Er schluckte voller Ehrfurcht.

„Sie soll Luke finden und du hast den Tansanit nicht verdient. Ich habe das Gestein dem falschen Bruder gegeben!", zischte er mich an.

„In Zukunft wirst du niemandem mehr etwas sagen."

Nachdem ich die Drohung ausgesprochen hatte, entzog ich ihm mit einem Ruck sein Kopfkissen und drückte es ihm ins Gesicht, bis seine Atmung erschlaffte. Bevor es die Ärzte bemerkten, entfernte ich die Verkabelung an seinen Fingern und schaltete die Monitore aus, um seine Nulllinie nicht sofort sichtbar und vor allem für das

Personal nicht hörbar zu machen. Ich ließ Dr. Mantus hinter mir und verließ die Intensivstation. Durch seine Offenbarung würde alles nicht mehr so einfach werden.

Kapitel 26: Tyler

Auf dem Weg zum Ausgang witterte ich Milas Duft. Er wurde immer stärker, je näher ich den Aufzügen kam. Mein Verlangen nach ihr ließ mein Blut stärker in meinen Adern pochen.

Ich sollte zuerst herausfinden, was Dr. Mantus Mila erzählt hatte. Laut seinen schwammigen Aussagen würde sie vermuten, dass ich hinter Lukes Verschwinden stecke. Sofort switchten meine Gedanken wieder zu dem verführerischen Duft. Ich konnte nicht mehr klar denken. Sie musste ganz in der Nähe sein. Meine Blicke wanderten hin und her, bis ich nicht weit von mir entfernt Milas orangefarbene Lockenpracht entdeckte.

Sie betrat gerade den Aufzug und bevor sich die Türe schloss, steckte ich noch geschwind meine Hand dazwischen. Die Tür öffnete sich.

Sofort sah ich in Milas Gesicht, dass sie nicht erfreut war mich zu sehen. Dr. Mantus hatte ihr zu viel erzählt, war mein erster Gedanke.

Die Tür schloss sich hinter uns und wieder einmal betätigte ich den Stopp-Schalter des Aufzugs, drehte mich zu Mila um und fixierte ihre Augen: „Du wirst alles vergessen, was Dr. Mantus dir erzählt hat. Du hast ihn besucht, er hat sich für die schnelle Hilfe bedankt und das war's." Für einen kleinen Moment schaute sie mich etwas verdutzt an, dann lächelte sie verschmitzt.

Zusammen mit Mila auf engstem Raum zu sein, war eine Qual für mich. Ich konnte die Begierde nach ihr nicht verdrängen, trotz der großen Menge Blut, die ich heute schon aufgenommen hatte.

Jetzt gab es kein Halten mehr.

„Ich weiß, dass du dich nachher nicht daran erinnern wirst, aber lass dir eines gesagt sein: Ich kann mich nicht zurückhalten und ich will es auch nicht. Ich bin ein Vampir und Menschenblut, vor allem dein Blut, macht mich wahnsinnig! Ich will dich jetzt und nichts, rein gar nichts hält mich davon ab!"

Flüchtig schaute ich ihr in die Augen und flüsterte: „Lass es dir gefallen!" Vermutlich war es falsch, ihr die Freude aufzuzwingen, aber in diesem Moment benötigte ich das.

Meinen Mund setzte ich wieder an ihrem Hals an, um mir so viel Blut wie möglich zu holen. Mit meinen Händen arbeitete ich mich derweil weiter nach unten vor. Sie trug wie vorhin ihre schwarze Hose, die ich durch einen schnellen Ruck herunterzog. Innerhalb einer Sekunde umschlangen ihre Beine meine Hüfte. Wie vor ein paar Stunden erregte sich mein Glied schnell und drückte gegen meine Jeans. Ich schob mein Becken rhythmisch gegen ihren Intimbereich, der nur noch von einem schwarzen knappen Tanga bedeckt war. Während ich sie gegen die Wand drückte, öffnete ich meinen Reißverschluss und holte meinen steifen Penis aus der Hose. Ich wollte es so sehr. Das Blut puschte meine Erregung um ein Vielfaches. Ich zögerte nicht und schob ihre Unterwäsche zur Seite. Mit einem Ruck ließ ich mein Glied in sie eindringen.

Sofort zog sich mein Beckenbereich vor Erregung zusammen und mein Penis zuckte in ihr. Auch sie stöhnte, während mein Glied in sie eindrang. Immer und immer wieder stieß ich mein Glied in sie hinein. Während ich ihr Blut trank, versuchte ich meine Gefühle zu unterdrücken, doch ich konnte mich nicht mehr beherrschen. Ich stöhnte immer lauter. Schon nach wenigen Minuten war ich so lüstern, dass es nicht mehr lange dauern würde, bis ich zum Orgasmus kam.

Meine Stöße in ihren Körper wurden immer schneller und fester. Mein Gemächt zuckte unaufhörlich. Kurz bevor ich zum Abschluss kam, stöhnte ich laut: „Mila, ich komme!"

Danach konnte ich mich nicht mehr zurückhalten. Ich stöhnte laut auf und drückte meinen Penis fest in sie hinein. Er zuckte unentwegt und ich pumpte die warme Flüssigkeit in sie. Es dauerte eine Weile, bis die Erregung abebbte.

Doch nur das Blut, wovon sich noch eine üppige Menge in ihren Adern befand, konnte in vollem Umfang meine Gier stillen. Der Orgasmus, während ihr Blut meine Kehle runter rann, war mit dem vorherigen auf ihrer Couch nicht zu vergleichen. Mein Mund sog immer noch an ihrem Hals, so betörend schmeckte sie.

Mila war noch bei Bewusstsein, wenn wahrscheinlich auch nicht mehr lange. Sie schaute mich mit müden Lidern an.

„Niemand kann mich ändern, auch du nicht", sagte ich ihr ins Gesicht. Es war der Satz, den ich ihr seit Tagen sagen wollte. Wie einfach mir die Worte normalerweise fielen, kamen sie jetzt erst über meine Lippen.

Milas Blut und ihre verführerische Art löste ein Gefühlschaos in mir aus. Wut, Glück, Zufriedenheit und Verlangen. Einerseits wird sie mich nicht ändern. Gern würde ich sie gerade bis auf den letzten Tropfen Blut aussaugen. Andererseits hielt mich ein kleiner Teil meines gerade zuvor verbannten Gewissens zurück. Dass sich das nach jahrelanger Abwesenheit meldete, war neu für mich und machte das Chaos perfekt.

„Luke … Luke …", flüsterte Mila in ihrem schwachen Zustand.

Sie musste ihn wirklich lieben, denn wenn sie während einer Manipulation an ihn denken konnte, schien er fest in ihrem Kopf – oder in ihrem Herzen - verankert zu sein.

„Luke wird so schnell nicht wiederkommen, Schätzchen. Dr. Mantus` Keller ist vampirsicher, kein Wunder bei so einem Fanatiker", flüsterte ich. Brauchen wird er den Keller sowieso nicht mehr.

Ein letztes Mal legte ich meine Zähne an ihrem Hals an und nahm einen großen Schluck. Es schmeckte so gut, so unvergleichbar gut.

Zum zweiten Mal an diesem Tag biss ich in mein eigenes Handgelenk. Mila trank das Blut diesmal zögerlich, ich schien sie sehr geschwächt zu haben. Es dauerte nicht lange, bis sie zu Kräften kam.

Zur Sicherheit wiederholte ich meine Manipulation.

Zusammen verließen wir den Aufzug.

Luke konnte nicht ewig in Dr. Mantus` Keller bleiben. Dafür musste ich mir eine Lösung einfallen lassen.

Als nächstes würde ich Luke einen Besuch abstatten. Soweit ich gehört hatte, ließ man seine Geschwister nicht in einem kalten Keller verrotten, ohne vorbeizuschauen.

Kapitel 27: Mila

Im Aufzug angekommen, atmete ich kurz durch. Mein Kopf versuchte die neuen Informationen zu verarbeiten. Danach betätigte ich den Knopf für die Ebene des Parkplatzes. Die Tür fuhr langsam zu.

Kurz bevor sie einrastete, steckte jemand seine Hand dazwischen, damit sie sich wieder öffnete.

Seufzend starrte ich gegen die Wand, denn auf Smalltalk hatte ich im Moment absolut keine Lust. Als ich eine bekannte Silhouette im Augenwinkel sah, schaute ich nach oben und mir stockte der Atem.

Es war Tyler, der sich zu mir in den Aufzug stellte. Für einen kurzen Moment war ich geschockt und brachte kein Wort hervor.

Er drehte sich zur Anzeige des Fahrstuhls und betätigte den Stopp-Schalter.

Mein Herz rutschte mir in die Hose. Hatte er mich bei Dr. Mantus gesehen? Was sollte ich ihm erzählen?

Der Fahrstuhl blieb abrupt stehen. Tyler drehte sich zu mir um und schaute mir tief in die Augen.

„Du wirst alles vergessen, was Dr. Mantus dir erzählt hat. Du hast ihn besucht, er hat sich für die schnelle Hilfe bedankt und das war's", flüsterte er mir zu, während er meinen Blick standhielt. Für einen kurzen Augenblick war ich irritiert. Warum sagte er mir das? Er hatte zugegeben, dass er mir die ganze Zeit etwas verheimlicht hatte.

Plötzlich kam mir ein Gedankenblitz: das Messer!

Er versuchte mich zu manipulieren, doch das Messer in meiner Handtasche ließ es nicht zu.

Das durfte ich Tyler nicht offenbaren, ich musste mehr über Lukes Verschwinden erfahren.

Ich setzte ein gezwungenes Lächeln auf, damit Tyler nichts bemerkte. Innerlich fühlte es sich an, als würde ich vor Angst sterben. Meine Schauspieltalente waren alles andere als überragend.

Flüchtig schaute er mir in die Augen und flüsterte: „Lass es dir gefallen!" - danach stürzte er sich auf mich. Vorerst beschloss ich, mich nicht zu wehren.

Ich konnte nur hoffen, dass mein Schwindel nicht aufflog. Vielleicht war seine Gier so stark, dass ihm meine fehlende Lust verborgen blieb. Das war das winzige bisschen Hoffnung, an das ich mich gerade noch klammern konnte.

Die Emotionen, die vor ein paar Stunden aus mir herausgebrochen waren, hielten sich gedämpft in mir gefangen. Nun kannte ich einen Teil seiner dunklen Seele, der großzügig Besitz von seinem Gewissen ergriffen hatte. Tyler war so gierig, dass er innerhalb weniger Sekunden seine Zähne in meinen Hals grub.

Allein der Gedanke daran, dass er sich über mein Blut hermachte und das in meiner Erinnerung erlöschen lassen wollte, löste Wut und Enttäuschung in mir aus.

Nachdem er meinem Hals verfallen war, begann er meine Hose auszuziehen. Auch wenn ich wusste, dass Blut trinken Vampire erregte, hoffte ich, dass es in diesem

Moment nicht dazu kam. Dennoch ließ ich es über mich ergehen.

Wenige Minuten später spürte ich, wie er seinen steifen Penis rhythmisch in mich hineinsteckte.

Auch wenn er sich die Worte über sich selbst kaum traute auszusprechen, sie mich sogar vergessen lassen wollte, waren sie mir mehr als bewusst. Ich hatte ihn nicht darum gebeten, sich zurück zu halten. Genauso wenig, wie ich damals Luke nicht darum gebeten hatte. Ich konnte damit umgehen, dass sie Vampire waren. Jedoch konnte ich nicht fassen, dass mich Tyler so zu hintergehen versuchte.

Allmählich wurde mir immer schummriger, ich konnte nicht mehr klar denken. Ich musste wach bleiben und wissen, wo sich Luke befand. Allmählich bildete sich wieder der bekannte schwarze Schleier vor meinen Augen. Ich wusste, dass ich gleich mein Bewusstsein verlieren würde.

Gedämpft hörte ich Tyler stöhnen: „Mila, ich komme!" Kurz hielt er inne.

„Niemand kann mich ändern, auch du nicht!", entgegnete er mir, nachdem er sein Glied aus mir herausgezogen hatte und sich das Blut um seinen Mundwinkel herum ableckte.

Langsam, aber sicher war es zu viel für meinen Körper. Ich konnte mich kaum bei Bewusstsein halten. Ich war minimal aufnahmefähig. In meinen Gedanken sah ich Luke vor mir.

Ohne groß zu zögern, schlug er erneut die Zähne in die Wunde an meinem Hals.

Luke befand sich in Dr. Mantus` Keller. Das hatte ich Tyler gedämpft sagen hören. Das war der einzige Satz, den ich in Gedanken immer und immer wieder versuchte zu wiederholen, damit er nicht wie mein Bewusstsein verschwand.

Tyler entfernte sich kurze Zeit später von meinem Hals und biss sich in sein Handgelenk. Sofort spürte auch ich an meinen Lippen den metallischen Geschmack von Blut. Ich trank.

Meine Kraft kehrte nach und nach zu mir zurück. Nachdem ich eigenständig auf meinen Beinen stehen konnte und sich meine Kleidung wieder an meinem Körper befand, schaute mir Tyler noch ein letztes Mal in die Augen und wiederholte die Manipulation – unwissend, dass sie wieder nicht wirken würde.

Danach verließen wir beide den Aufzug und ich fühlte mich noch nie so elend wie in diesem Moment.

Kapitel 28: Tyler

Ich hatte das erste Mal in meinem Leben ein schlechtes Gewissen. Würde ich Rücksicht auf menschliche Moral geben, dann hätte ich Mila im Aufzug nicht hintergangen. Verdammte Scheiße, warum denke ich darüber nach? Noch nie hatte ich mir Gedanken über die Menschen gemacht, denen ich ihr Blut geraubt hatte.

Los Tyler, denk an irgendetwas anderes ... Ich musste zu Luke. Ich konnte ihn nicht ewig in Dr. Mantus` Keller seinem Schicksal überlassen.

Nachdem ich zu Hause angekommen war, setzte ich mich in meinen Wagen, um im Navi unter letzte Ziele Dr. Mantus` Adresse herauszusuchen. Mila versuchte ich bis dahin aus meinen Gedanken zu verbannen, denn bei Luke würde ich noch genug mit ihnen konfrontiert werden.

Der Motor heulte auf, während ich die Einfahrt verließ.

Dr. Mantus` Haus war nicht weit entfernt von meinem Zuhause und ich erreichte es zügig.

Seine Haustüre war verschlossen, vermutlich von seinem Dienst, bevor er auf mich traf und auf der Intensivstation landete.

Mit einem leichten Tritt gegen die Tür öffnete ich sie und trat in das geräumige Wohnzimmer. An jeder Wand stand ein Bücherregal, in denen sich zahlreiche Bücher befanden, die ordentlich aneinandergereiht waren. Von hier aus konnte ich bereits die Treppe zu seinem Keller sehen.

Neben ihr lagen auf dem Boden aufeinander gestapelte Bücher, die kein Platz im Regal gefunden hatten. Vorerst dachte ich, es handelte sich um Medizinbücher. Als ich genauer hinschaute, erkannte ich, dass es sich um alte gebundene Dokumente über Vampire, Werwölfe, Feen und Meerjungfrauen handelte. Ein Fanatiker, wie ich gesagt hatte.

Ich ging die Treppe zu seinem Keller herunter, nach der ein langer Gang mit unzähligen Türen folgte. Das Ende des Ganges wies auf eine große Zelle hin.

Je näher ich dem Raum kam, in dem sich Luke befand, umso mehr nahm ich seine Atemgeräusche wahr.

Überall um die Tür herum befanden sich Spinnweben. Dr. Mantus hatte erwähnt, dass er seinen Keller und die Zelle nicht oft betrat, da ihm noch keine übernatürlichen Wesen in seinem Umkreis begegnet waren. So konnte ich die Zelle ohne sein Wissen benutzen. Menschen nahmen die Geräusche von außen nicht wahr, der Schallschutz der Wände lohnte sich.

Von außen war die Tür mit mehreren Schlössern verriegelt. Die Schlüssel hingen sichtbar, wenige Zentimeter neben dem Eingang. Für einen Vampir, durch das Tansanit, unmöglich unbeschadet zu erreichen.

Ich entriegelte Schloss für Schloss und steckte mir die Schlüssel in die Hosentasche. Ebenfalls hatte ich mir meine praktischen Lederhandschuhe mitgebracht, die mich vor dem Tansanit in der Zelle schützten. Ich schob die schwere Steintür auf.

In dem Raum befand sich nichts außer Luke, der regungslos auf dem Boden lag. Sein Brustkorb hob sich nur flach und in schnellem Rhythmus. Sein Körper war mit zahlreichen Schnittwunden versehen, deren Ränder im schwachen Licht blau funkelten. Der Tansanit hatte sich tief in die Wundränder gefressen.

Ich musste schmunzeln, denn es war eines meiner schönsten Prachtwerke, die ich bis dato gezaubert hatte. Ohne eine Wand zu berühren, ließ ich mich neben Luke nieder und schaute auf ihn herab. Seine Augen waren geschlossen.

„Eine Schande, Luke. Da kommt dich schon jemand besuchen und du begrüßt mich nicht einmal", trällerte ich seiner immobilen Erscheinung entgegen.

Keine Reaktion. Nur seine Augenlider zuckten.

Es dauerte noch einige Minuten, bis er seine Augen öffnete. In ihnen war kein Ausdruck zu erkennen. Seine Lippen versuchten sich zu bewegen. Sprechen war kaum noch möglich. Nach so einer langen Zeit ohne Blut wäre mir auch die Kehle ausgetrocknet.

Zum Glück war ich nicht der Schlechteste im Lippenlesen. Sein Mund formte das Wort „Blut".

Ich holte aus meiner Jackentasche einen Blutbeutel, den ich aus meinem Vorrat mitgenommen hatte. Langsam ließ ich ihn in meinen Händen hin und her wandern, während Lukes Augen ihn jeden Millimeter verfolgten.

Ich wusste, dass ihn das Blut nicht von dem Tansanit befreien würde, aber ein Hauch von Leben konnte ihm nicht schaden.

Mittlerweile hatten seine Augen das tiefe Schwarz angenommen. Seine Gier war darin zu erkennen, auch wenn sein Körper sie nicht mehr zeigen konnte. Mit meinen Zähnen riss ich den Blutbeutel auf und hielt ihn über seinen Mund. Tropfen für Tropfen drückte ich das Blut aus dem Beutel und ließ es in seinen Mund laufen. Schritt für Schritt schlich sich das Leben in Luke zurück. Vermehrt bewegte sich sein funkelnd blauer Körper. Es beanspruchte zwar viel Kraft, aber Luke nahm zitternd den Blutbeutel entgegen und saugte ihn aus.

„Was ist passiert? Wo ist sie?", fragte er keuchend vor Anstrengung.

„Natürlich ist das die erste Frage, die du stellst. Danke der Nachfrage, ja meine letzten Wochen waren auch sehr interessant", schmunzelte ich.

„Tyler ...", zischte Luke sichtlich wütend.

„Na gut, na gut. Nicht gleich böse werden, Brüderchen."

Kurz hielt ich inne, um ihm die Situation unangenehmer zu gestalten.

„Wo fange ich an? Gut, du hast für einen Moment eine schlaue Entscheidung getroffen und eingewilligt, Abstand von Mila zu nehmen. Das war der Tag, bevor du hier unten gelandet bist, wie du dich bestimmt erinnerst. Du weißt, Mensch und Vampir ergibt meist eine Katastrophe oder so etwas Ähnliches, hattest du erwähnt.

Aber ich kenne dich Luke und ich wusste zu gut, dass du dich doch wieder deinen Gefühlen hingeben wirst, wie damals ... Also habe ich Dr. Mantus aufgesucht, der wahrscheinlich einzige hier auf diesem Kontinent, der noch Tansanit besitzt. Was Tansanit mit dir anstellt, erlebst du ja gerade. Wie erwartet, hast du direkt am nächsten Abend deine Meinung geändert, wurdest wütend, als ich versucht habe, dich vom Gegenteil zu überzeugen und so hatten wir diese ...", ich räusperte mich, „Meinungsverschiedenheit ... Nur besaß ich glücklicherweise den Tansanit, mit dem ich dir eine kleine Auszeit von Mila verschaffen wollte - und Ende."

Mit der Geste ein Buch zusammen zu klappen, beendete ich grinsend meine Geschichte. Kaum hatte ich sie zu Ende erzählt, konnte ich Lukes hasserfüllten Blick sehen.

„Bring mich zu ihr", flehte Luke mich an.

„Bist du dir da sicher, Luke? Du müsstest ihr Blut trinken, um zu heilen und wenn ich das recht sehe, dann sehr viel davon."

Meine Augen wanderten an seinem Körper auf und ab, um ihm deutlich zu machen, dass er Mila mehr schaden, als nützen würde.

Luke versuchte sich aufzurichten, was ihm teilweise gelang. Trotzdem schwankte sein Körper hin und her.

„Du wirst nicht mehr lange hier drin sein, ich werde mir etwas überlegen", versprach ich ihm, „bis dahin habe ich ein wenig Besserung für dich."

Mit einem großen Biss grub ich meine Zähne tief in mein Handgelenk. Das Blut lief sofort über meinen ganzen Arm und tropfte zu Boden.

„Was soll ich damit? Dein Blut bringt mir nichts?!", zischte er.

Ich näherte mich Luke und wir waren wenige Zentimeter voneinander entfernt.

„Na los, nimm einen Schluck, du wirst überrascht sein."

Immer noch zögerte Luke, aber letztendlich nahm er mit großer Anstrengung mein Handgelenk und legte es an seinen Mund.

Nachdem er einen Schluck getrunken hatte, sah ich seine überraschte Reaktion im Gesicht. Er hätte mit vielem gerechnet, nur nicht damit, dass sich Milas Blut in meinem Kreislauf befand.

Augenblicklich sog er fest an meinem Handgelenk und nahm große Schlucke meines kostbaren Blutes. Bevor er zu viel Kraft gewann, entzog ich ihm meinen Arm und entfernte mich einige Schritte von ihm.

Als ich auf seinen Körper schaute, konnte ich sehen, wie sich einige kleine Wunden schlossen und die blauen funkelnden Steinchen von seinem Körper abfielen. Geschockt schaute er mich mit seinem blutverschmierten Mund an.

„Was hast du getan?", fragte er erschüttert.

„Noch nie war es so schwer wie bei Mila, Menschenblut zu widerstehen. Und leider muss ich dir recht geben: Nicht nur ihr Blut ist verführerisch", schwärmte ich, während ich mir meine Lederhandschuhe über die blut-verschmierte Hand zog und zur Tür schritt.

Ich konnte spüren, wie Lukes Blick meinen Rücken durchbohrte. Vermutlich war er so schockiert, dass er keine Worte für die Situation fand.

Ich ging, ohne ein Wort zu verlieren aus dem Verließ, hing den Schlüssel an seinen Haken und freute mich auf mein Glas Whiskey, das zu Hause auf mich wartete.

Kapitel 29: Mila

Zuhause schmiss ich mich in meine Jogginghose und ein Schlabbershirt. Mit einer großen Decke machte ich es mir auf der Couch gemütlich. Anstatt den Drang zu verspüren, den neuen Spuren zu folgen, konnte ich mich nur tatenlos auf meiner Couch herumtreiben. Obwohl ich Tylers Blut getrunken hatte, war mein Körper schwächer denn je. Meine Augenringe weiteten sich wie Schatten auf meinem Gesicht aus. Die letzten Tage, wenn nicht sogar Wochen, quälten mich lange, schlaflose Nächte. Selbst auf dem Sofa konnte ich nicht aufhören an Luke zu denken.

Einerseits sagte Tyler, er sei in Dr. Mantus` Keller, andererseits dachte ich an den Brief, den Luke mir geschrieben hatte. Ich kannte Lukes Schrift, somit konnte Tyler den Brief nicht geschrieben haben. Die Gedanken rissen mich hin und her. Ich fühlte mich wie das kleine Mädchen aus einer Geschichte - ich lehnte mich gedanklich an einen Baum auf einer Wiese und zupfte die Blätter des Gänseblümchens nacheinander ab. Und nun stellte ich die Frage: Liebt er mich oder liebt er mich nicht? Immer und immer wieder stellte ich mir diese Frage - nicht nur bei Luke. In meinen Gedanken verabschiedeten sich die einzelnen Blütenblätter und fielen langsam zu Boden. Je mehr von diesen Blättern zu Boden fielen, umso schwerer wurden meine Augenlider. Kurz, bevor das letzte Blatt der Blume entnommen wurde, schlief ich ein.

Mila. Komm, hilf mir. Mila … Mila, bitte komm.

Plötzlich schreckte ich von meiner Couch auf. Nervös schaute ich mich in meinem Wohnzimmer um. Niemand war zu sehen. Mein Herz schlug mir bis zum Hals, während meine Lunge nach Luft rang. Mit zitternden Händen suchte ich mein Handy. Als ich es unter meiner Wolldecke fand, schaute ich auf die Uhr und stellte fest, dass ich zwei Stunden geschlafen hatte.

Es war Lukes Stimme in meinem Traum, die mich rief. Die Müdigkeit, die mich vorhin heimsuchte, verschwand durch den Schock, auch wenn die Erschöpfung blieb. Ich beschloss, dass ich Luke finden musste, auch wenn er mich möglicherweise nicht sehen wollte. Ich brauchte Gewissheit.

Ohne noch weiter darüber nachzudenken, aber vor allem, ohne einen Plan zu schmieden, befreite ich mich von meiner kuscheligen Kleidung und zog mir etwas Vernünftiges an. Ich schlüpfte in eine Hose, die ich mir ursprünglich für eine Wanderung mit meiner Familie zugelegt hatte. Sie besaß seitlich an den Oberschenkeln jeweils eine große lange Tasche. Dort packte ich Dr. Mantus` Messer hinein. Es glitt hinein, als wäre sie dafür ausgelegt. Meine Haare band ich mir zu einem hohen Pferdeschwanz zusammen. Die Sneakers ließ ich liegen und schlüpfte in feste schwarze Boots.

Auf der Autofahrt grübelte ich. Als erstes würde ich zum Haus der Brüder fahren.

Dort angekommen, parkte ich mein Auto abseits hinter ein paar Bäumen. Natürlich hätte ein Vampir mich und mein Auto schon meilenweit vorher erkannt, jedoch konnte ich nicht tatenlos zu Hause sitzen und Luke auf sein Schicksal warten lassen. Ich wusste nun, dass irgendetwas nicht stimmte, seitdem Tyler das im Aufzug erwähnt hatte.

Aus meinem Auto heraus beobachtete ich das Anwesen eine Weile. Niemand war weit und breit zu sehen, was es gruselig erscheinen ließ. Bevor ich mich näherte, nahm ich mein Handy zur Hand und wählte die Nummer meiner Familie, da mir bei dem Gedanken, das Haus zu betreten, diesmal äußerst mulmig wurde. Während es tutete, versuchte ich gedanklich ein paar Worte zu sortieren. Doch genau jetzt war mein Wortschatz wie in Luft aufgelöst. Keiner hob den Hörer auf der anderen Seite ab, bis der Anrufbeantworter sich meldete. Selbst nach dem Piepton fielen mir die Worte schwer.

„Hallo Mama, Papa und Tom. Ich wollte nur einmal kurz durchrufen und … und sagen, dass ich euch wirklich liebhabe, auch wenn ich mich nicht oft bei euch melde in letzter Zeit. Macht euch keine Gedanken. Bis bald!"

Es war nicht aufrichtig ihnen zu sagen, dass sie sich keine Gedanken machen sollten, wenn ich mir sie mehr denn je machte. Mein Handy legte ich auf den Beifahrersitz und öffnete die Fahrertür, um auszusteigen. Bis jetzt war immer noch niemand in der Nähe des Hauses zu sehen. Mit schnellen Schritten lief ich zur Haustür. In den Fenstern sah ich kein Licht aufleuchten, was mich beruhigte. Ich brauchte nicht lange an der Tür rütteln, denn sie war nicht verschlossen. Vor was sollten sich Vampire fürchten? - vor einem Einbrecher sicher nicht. Der Gedanke brachte mich zum Schmunzeln.

Als ich das Wohnzimmer betrat, herrschte Totenstille. Mein Körper war angespannt, nicht ein Muskel lockerte sich. Es kostete Überwindung, mich im Wohnzimmer umzusehen, denn jeden Moment könnte Tyler mich überraschen. Noch einmal konnte ich nicht so tun, als würde ich von nichts eine Ahnung haben.

Auch wenn ich mir zuvor keinen genauen Plan erarbeitet hatte, spürte ich, dass ich Lukes Schlafzimmer aufsuchen musste.

Seitdem Luke mich verlassen hatte, hatte ich sein Zimmer nicht betreten. Ich konnte es nicht über mein Herz bringen, vielleicht wollte ich mich nur vor meinen Gefühlen schützen.

Nicht nur die Tür stand zwischen mir und dem Zimmer, sondern auch in meinem Innersten bildete sich eine Blockade. Ich atmete tief ein und versuchte die Tür zu öffnen - sie war verschlossen. Sofort breitete sich in mir ein schlechtes Gefühl aus und meine geistige Mauer zog sich noch weiter in mir in die Höhe. Warum sollte Luke sein Zimmer abschließen? Die Einbrecher-Theorie würde auf ihn genauso wenig zutreffen. Ein Schlüssel schien nicht in greifbarer Nähe zu sein. Nach kurzer Überlegung holte ich das scharfe Messer aus meiner Hosentasche, denn die Brüder würden sowieso bemerken, dass ich hier gewesen war.

In dem schwachen Licht vor der Tür konnte man die blauen Steine nur schwach funkeln sehen. Gerade erst bemerkte ich, dass vereinzelt ein paar Steinchen fehlten. Darunter konnte ich eine einfache silberne Klinge erkennen. Die schönen Steinchen hinderten mich jedoch nicht daran, das Messer voller Tatendrang an der Tür einzusetzen.

Nachdem ich es an dem Türspalt angesetzt hatte, rammte ich es mit aller Kraft in ihn hinein und brach die Türe auf. Mit Schwung flog die Türe von mir weg und knallte gegen die gegenüberliegende Wand. Fassungslos schritt ich langsam in den Raum hinein.

Sofort wurde mein Körper mit allen Emotionen konfrontiert, die ich die letzten Wochen versucht hatte zu verdrängen. Ich fühlte mich in die Zeit zurückversetzt, bevor mich Luke verlassen hatte: Den Abend, an dem er mir ein Foto von seinem hergerichteten Schlafzimmer gesendet hatte. Damals war ich glücklich, überall waren Vergissmeinnicht verteilt und Kerzen aufgestellt. Kaum konnte ich es erwarten zu ihm zu kommen.

Nun durchquerte ich das damals für mich hergerichtete Schlafzimmer, jedoch mit einem komplett anderen Gefühl in mir. Die Blumen lagen verwelkt an den Stellen, an denen sie zuvor wundervoll geblüht hatten. Nachdem ich das Messer, das unbeschadet geblieben war, wieder in meine Hosentasche steckte, ließ ich mich auf Lukes Bett nieder, das mit vertrockneten Blumen übersäht war. Für einen kleinen Augenblick saß ich dort regungslos, denn meine Gefühle ketteten mich fest.

Plötzlich wurde mir übel, denn ich fühlte mich nicht mehr willkommen in diesem Raum. Rasch erhob ich mich, um den Raum zu verlassen – jedoch erschien mir im Augenwinkel ein Detail, das auf dem Foto nicht zu sehen war. Auf seinem Nachttischschrank lag sein Tagebuch. Mir war nicht bewusst, dass er es fortgeführt hatte, nachdem ich darin gelesen hatte. Das Ende des Buches hatte ich nie erreicht, was ich nun bereute.

Etwas zögerlich nahm ich es zur Hand. Ein wenig mehr als die Hälfte hatte ich gelesen. Ich schlug es an der Stelle auf, an der das Lesezeichen steckte. An diese Stelle hatte ich es zuletzt gelegt.

Als ich in dem Buch blätterte, bemerkte ich ein zweites Lesezeichen weiter hinten. Irritiert öffnete ich die Stelle.

Es war ein sehr alter Eintrag, der seiner damaligen Freundin gewidmet war. Als ich die erste Seite davon fertiggelesen hatte, versuchte ich die nächste Seite zu lesen. Jedoch folgte nach der ersten Seite sofort ein anderer Eintrag. Mehrmals las ich beide Seiten, um sicher zu gehen, dass sie wirklich nicht zusammengehörten. Als ich genauer hinschaute, sah ich ein paar winzig kleine Papierreste zwischen den Seiten. Jemand musste eine Seite aus dem Buch gerissen haben. Wo war diese Seite?

Nicht einmal wenige Sekunden, nachdem ich darüber nachgedacht hatte, dämmerte es mir. Mit zittrigen Händen holte ich meinen Geldbeutel hervor und holte den Brief, den Luke mir damals geschrieben hatte, aus dem hinteren Fach. Ich entfaltete das zerknitterte Stück Papier, das ich seitdem mit mir trug.

Meine Hände zitterten ununterbrochen, während ich es neben die erste Seite des Buches hielt. Noch einmal las ich alles von der ersten bis zur zweiten Seite - und zusammen ergaben sie einen Sinn. Wer reißt einfach eine Seite aus seinem Tagebuch, fragte ich mich.

Tyler, schoss mir in den Kopf.

Luke hatte wahrscheinlich niemals die Absicht mich zu verlassen?! Der Brief, oder eher gesagt der Teil seines Tagebuches, betraf seine damalige Freundin und nicht mich. Nachdem ich die Seite richtig einordnen konnte, las ich in seinem Tagebuch weiter.

Es dauerte ein paar Minuten, bis ich an einer leeren Seite anlangte.

Von Lukes damaliger Persönlichkeit entsetzt, legte ich das Buch für einen Moment nieder. Er hatte seine damalige Freundin getötet. Nun verstand ich, warum beide Brüder eine Beziehung zu einem Menschen vermieden. Ich nahm mir das Buch wieder zur Hand und blätterte verloren darin herum. Eine leere Seite nach der anderen zeigte sich mir. Er hatte danach nicht weitergeschrieben.

Ich blätterte und blättere, bis ich fast am Ende angekommen wieder Lukes Schrift erkannte. Diesmal nicht mit einer Feder und Tinte geschrieben, sondern mit einem Kugelschreiber. Auf der Seite stand das Datum kurz bevor Luke verschwand.

Lange habe ich hier keine Worte niedergeschrieben. Aber auch mindestens genauso lange habe ich nicht diese Gefühle für ein Wesen empfunden, wie ich es jetzt tue. Nachdem ich sie gesehen habe, wusste ich sofort, dass ich sie mein nennen will. Wir verbrachten einige Zeit miteinander, jedoch hatte ich Angst - Angst, dass sich die Geschichte von damals wiederholen würde. Kommen wir uns nur einmal näher, verspüre ich sofort die Lust nach ihrem Blut. Ihr Blut ist etwas Besonderes, niemals hatte ich ein Verlangen nach Blut wie nach ihrem. Ich weiß, sie ist die Frau, die ich will, aber es ist zu riskant. Auch Tyler will mich davon abbringen, wieder eine Beziehung mit einem Menschen einzugehen. Wir beide hatten damit keine guten Erfahrungen gemacht. Für einen kleinen Moment gab ich Tyler recht und ich sollte mich auf eine Auszeit einlassen, aber es war nicht das, was ich wollte. Ich will sie und so muss ich es Tyler auch beibringen. Ich würde sie niemals töten, egal was passiert, denn ich liebe Mila."

Es war der letzte Eintrag in Lukes Tagebuch. Seitdem war Luke verschwunden und das anscheinend nicht freiwillig. Der Gedanke daran, dass Tyler dahintersteckte, schnürte mir die Kehle zu ... Ich wusste zwar, dass er hinterhältig sein konnte, aber dass er mir das die ganze Zeit über verschwieg, traf mich wie ein Schlag ins Gesicht. Auch wenn es hart für mich war, musste ich mit den Informationen, die ich jetzt besaß, Luke finden.

Ich verließ Lukes Zimmer, damit ich im Haus nach der Adresse von Dr. Mantus suchen konnte. Die Nervosität holte mich ein, denn ich war schon eine Weile in dem Haus der Brüder und Tyler könnte jeden Moment hier auftauchen.

Ich durchsuchte in einigen Zimmern alle Zettel, die ich finden konnte. Nichts, aber auch gar nichts wies auf Dr. Mantus hin. Als ich das Wohnzimmer zum dritten Mal durchsucht hatte, stand ich verzweifelt mitten im Raum. Irgendwo musste Tyler diese Adresse doch notiert haben? Was, wenn ich nicht nach einem Stück Papier suchen musste?

Es war Tyler, dachte ich und es dämmerte mir sofort, wo ich suchen musste.

Ich eilte zu seiner Whiskeysammlung und schob alle Flaschen beiseite, um irgendwelche Hinweise zu finden. Luke hatte mir erzählt, dass Tyler seine Gedanken aufschrieb, wenn er seinen Whiskey trank. Tatsächlich war in dem Tisch eine Schublade eingelassen, die sich störrisch öffnen ließ. Mit einem Ruck zog ich sie heraus und ein Berg kleiner Zettel mitsamt einigen Kugelschreibern war darin verstaut. Schnell wühlte ich mich durch die verschiedenen Zettel, denn Tyler könnte jeden Moment wieder hier sein.

Jackpot! Auf einem Untersetzer aus Pappe stand eine Adresse geschrieben mit der Aufschrift Dr. M.

Das war eindeutig die Adresse von Dr. Mantus.

Ich schnappte mir den Untersetzer und eilte zur Tür.

Kapitel 30: Mila

„Na, wo wollen Sie denn hin?", hörte ich eine raue Stimme hinter mir sprechen. Ich blieb wie angewurzelt stehen. Auch wenn ich wusste, wen ich erwarten konnte, zitterte ich am ganzen Körper. Mit einer Flasche Whiskey in der Hand, musterte mich Tyler. Ich stand nur noch wenige Meter von der Haustüre entfernt. Mit seiner verdammten Geschwindigkeit hatte er sich unbemerkt an mir vorbei geschlichen.

Unauffällig versuchte ich den Untersetzer in meiner Hosentasche verschwinden zu lassen. Er durfte nicht wissen, dass ich seiner Manipulation im Aufzug entkommen war, ich musste mein Spiel genauso überzeugend weiterspielen.

„Ich habe dich gesucht, aber du warst nicht da. Ich wollte gerade wieder gehen." Mit einem Lächeln im Gesicht versuchte ich meine Lüge weiterzuführen.

Vorerst zeigte Tyler keine Reaktion im Gesicht. Mit jeder Sekunde, die er schwieg, fühlte sich der Moment wie eine Ewigkeit an. Je länger er kein Wort sagte, umso nervöser wurde ich. Tyler drehte sich um.

„Auch einen?", fragte er, während er sich seinen Whiskey auf dem Tisch seiner Sammlung in ein Glas einschenkte.

„Gerne. Aber danach muss ich gehen, denn ich bin heute Abend bei meinen Eltern eingeladen."

Plötzlich herrschte Funkstille zwischen uns. Nachdem Tyler ein zweites Glas befüllt hatte, stellte er es neben seinen Flaschen ab. Er schritt durch den Raum, während er ab und zu an seinem Whiskey nippte. Auch ich näherte mich meinem Glas. Es in einem Schluck herunterzuschütten, wäre wahrscheinlich zu auffällig gewesen, aber genau das hätte ich meinen Gefühlen nach zu urteilen am liebsten getan. Ich nahm einen kleinen Schluck aus dem Glas und spürte, wie es in meinem Mund brannte und sich in meinem Hals ausbreitete.

„Was wolltest du von mir?", fragte Tyler mich. Das war eine gute Frage, die ich mir selbst gerne beantworten wollte. Ich möchte Luke finden, nachdem du ihn in Dr. Mantus` Keller eingesperrt hast, hätte ich ihm am liebsten ins Gesicht gesagt.

Ich wusste nicht, ob es Wut oder Trauer war, die ich gerade in mir fühlte. Ich wusste, dass man sich oft täuschte, in dem, was man mit den Augen sah. Aber Tyler erschien mir von vorne herein ehrlich. Er nahm auch sonst kein Blatt vor den Mund. Und nun diese vermeidlich große Lüge, die zwischen uns stand. Es entsetzte mich mehr, dass ich neben den Gefühlen für Luke auch welche für ihn besaß, auch wenn ich es nicht zugeben wollte.

„Ich wollte dich sehen. Wir haben nicht darüber gesprochen", sagte ich ernst. Natürlich war es nicht die beste Ausrede, auf Sex hinzuweisen, um der Wahrheit aus dem Weg zu gehen.

Ich lehnte mich an die nächste Wand, mit dem angewärmten Whiskey in meiner Hand. Tyler kam auf mich zu. Mein Herz raste. Was hatte er vor? Ahnte er etwas?

Tausend dieser Fragen schwirrten in meinem Kopf herum, als er Schritt für Schritt näher auf mich zukam. Wenige Zentimeter vor mir blieb er stehen und schaute mir in die Augen.

„Du lebst noch, also hast du dich nicht zu beschweren. Was willst du denn von mir hören?"

"Wieso sollte ich nicht mehr leben?", konterte ich überraschend und legte dann wieder mein gespieltes Lächeln auf.

Tyler lachte ebenfalls, jedoch abwertend.

„Ich habe keinen Tropfen Blut von dir getrunken. Aber am liebsten würde ich das jetzt nachholen", sprach Tyler, ohne mit der Wimper zu zucken.

Nun war es eindeutig die Wut, die in mir hochkochte. Ja, er hatte nicht von mir getrunken - soweit ich mich erinnern konnte. Er hatte mir diese Erinnerung nehmen wollen und nun lügte er wie gedruckt.

Diesmal war ich diejenige, die nicht antwortete. Ich hatte nicht die Kraft dazu, meine Worte zu zügeln. Tyler schien es kein schlechtes Gewissen zu bereiten, oder er spielte seine Rolle genauso gut wie ich.

Langsam näherte sich seine Hand meiner Hüfte.

„Tyler, ich muss gehen. Meine Familie wartet bestimmt schon auf mich."

Mit meinen Händen schob ich ihn von mir, um eine gewisse Entfernung zwischen uns bewahren. Jedoch interpretierte Tyler es wie eine Einladung. Mit einem Ruck zog er mich an sich heran. Ein Arm lag um meine Hüfte und der andere an meinem Hintern. Sofort lief mir ein Schauer über den Rücken: Der Untersetzer befand sich in meiner hinteren Hosentasche.

„Warum bist du so nervös, Liebes?", brummte Tyler sanft. In seiner Stimme schwang eine Vermutung mit, das konnte ich genau hören. Jetzt durfte ich nicht die Fassung verlieren. „Ich bin nicht nervös!", gab ich wütend von mir. Die Wut brauchte ich nicht mehr vorspielen.

Tyler schaute mir tief in die Augen.

„Beruhige dich und schreie nicht." Er versuchte mich wieder zu manipulieren und erneut musste ich mitspielen.

Es war schwer, aber ich versuchte langsamer und tiefer zu atmen. Noch einen Biss konnte ich heute nicht ertragen. Auch wenn es gerade nicht das Beste war, hoffte ich nur auf einen Kuss.

Blitzschnell bewegte Tyler seinen Mund zu meinem Hals. „STOPP!", schrie ich und sprang einen Schritt von ihm weg. Tyler schaute wütend auf mich herab und ließ den Untersetzer spielend zwischen seinen Fingern hin und her wandern.

Hektisch suchte ich meine hintere Hosentasche ab und wie erwartet war der Untersetzter nicht mehr in der Tasche.

„Ich weiß genau, was du hier gesucht hast, halte mich nicht für dumm!" Seine Stimme wurde laut und bestimmend. „Im Lügen bist du nicht die Beste, meine Liebe."

Mein Herz schlug fest gegen meine Brust und ich wusste nicht, ob ich mich Tyler entgegenstellen oder wegrennen sollte. Beide Möglichkeiten würden nicht gut für mich enden.

Bevor ich auch nur einen Schritt tätigen konnte, drückte mich Tyler gegen die Wand.

„Mit mir zu spielen ist gefährlich, Mila. Meistens gewinne ich", fauchte er.

Seine Augen nahmen das tiefe Schwarz an, das ich gewohnt war. Die Adern unter seinen Augen traten hervor, stärker als ich sie je zuvor gesehen hatte. Nun übertraf meine Wut die Angst, die meinen ganzen Körper erschütterte.

„Wer spielt hier denn mit wem?! Du hast mir Luke genommen!", schrie ich ihn an.

„Ich habe dir Luke nicht genommen, ich habe nur versucht alles einfacher zu machen. Die Geschichte sollte sich nicht noch einmal wiederholen!"

Wieder näherte er sich meinem Hals.

„Doch dass du so verführerisch bist, hätte ich ja nicht ahnen können", flüsterte er vor sich hin und wendete die Augen nicht mehr von dem Bereich zwischen Kopf und Schulter. Selbst in dieser Situation konnte sich Tyler nicht beherrschen. Ich musste von ihm loskommen.

„Tyler, lass mich gehen!", schrie ich ihn an und versuchte mich zu wehren. Als ich meine geballten Fäuste gegen seinen Körper drückte, bewegte sich Tyler nicht einen Millimeter von mir weg. Gegen seine Kraft hatte ich keine Chance.

„Ich denke nicht einmal daran, Liebes", flüsterte er mir ins Ohr.

Langsam, noch mit Bedacht, ließ er seine Zähne über meinen Hals fahren. Ich spürte, wie die Stelle anfing zu brennen, auch wenn es keine große Wunde war. Nach und nach spürte ich warmes Blut aus der Wunde austreten. Tyler fuhr mit den Lippen über meinen Hals und genoss es, während er schmackhaft aufstöhnte.

Er war so besessen von dem Blut, dass ich meine Chance nutzte. Schnell zog ich das Messer aus meiner Tasche und rammte es ihm von der Seite so fest wie nur möglich zwischen die Schulterblätter.

Ein lauter Schrei entfuhr Tyler und sofort ließ er von meinem Hals ab. Bevor er die Situation realisieren konnte, zog ich das Messer aus seinem Rücken heraus. Er krümmte sich vor mir auf den Boden, schreiend vor Schmerzen. Ich blieb wie angewurzelt mit dem Messer in der Hand stehen. Ohne nachzudenken, schnappte ich mir den Untersetzter, der auf den Boden gefallen war und rannte zur Tür. Ich musste schnell Abstand zwischen mir und Tyler gewinnen, auch wenn er sich im Moment nicht weit wegbewegen konnte.

Als ich an meinem Auto angekommen war, schmiss ich das blutverschmierte Messer auf den Beifahrersitz und startete den Motor. Per Sprachfunktion gab ich die Adresse von Dr. Mantus an das Navi weiter und drückte aufs Gas.

Zwischenzeitlich fasste ich mir an den Hals, denn die Wunde schmerzte, auch wenn sie nicht groß war. Es dauerte keine viertel Stunde, bis ich mein Auto vor seinem Haus parkte. Tyler sollte nicht mehr die Kraft haben, so schnell hier zu sein. Ich hatte noch einen kurzen Moment Zeit tief durchzuatmen.

Zur Sicherheit wollte ich mir das Messer einstecken, aber es sah verändert aus. Die blauen Kristallsteine waren verschwunden. Ich wusste genau, dass sie vor dem Angriff auf Tyler noch an dem Messer befanden.

Endlich konnte ich das Puzzle weiter zusammensetzen: In der Blutbank hatte Tyler eine Verletzung davongetragen, die an den Rändern blau funkelte. Sie musste durch das Messer entstanden sein. Ich hatte keine Zeit, mir seine Wunde anzuschauen. Die restlichen Steine befanden sich vermutlich alle an seiner jetzigen Wunde.

Ich wischte das Blut an meiner Hose ab und betrachtete es genauer. Eine Gravur zierte das silberne Messer:

„Tötet jenes, was nicht getötet werden kann. Heilt durch die Liebe, wenn das Wesen lieben kann"

Kurz dachte ich über die Worte nach. Es hatte die Macht, Vampire zu töten, das hatte ich verstanden. Aber wie soll es wieder heilen? Erst nachdem Tyler das letzte Mal mein Blut getrunken hatte, heilte die Wunde. Immer und immer wieder las ich die Worte auf dem Messer. Es heilt durch die Liebe - es heilt durch das Blut des Geliebten.

Jetzt verstand ich die Situation im Krankenhaus: Egal welches Blut er zuvor getrunken hatte, zuletzt hatte er mein Blut gefordert und das hatte ihn geheilt: Tyler liebte mich. Schockiert ließ ich das Messer sinken. Die Wunde aus dem Blutkonservenlager hatte Tyler zuletzt nach meinem Blut gieren lassen - was würde eine noch tiefere Stichwunde für einen Bluthunger bei ihm auslösen?

Ich musste Luke in dem Haus finden. Er war der einzige, der mich vor Tyler beschützen konnte. Mit der Hoffnung, dass es wirklich das Haus von Dr. Mantus war, betrat ich die offenstehende Eingangstür.

Niemand war zu sehen oder zu hören. In Windeseile lief ich auf die Treppe zu, die vor mir lag. Laut Tyler hatte er Luke in einem Keller gefangen genommen, aus dem Vampire nicht herauskonnten.

Unten angekommen, lief ich einen langen Gang entlang.

„Luke! Wo bist du?", schrie ich.

Keine Antwort. Er musste mich doch hören! Immer öfter schrie ich seinen Namen. Ich rannte durch den Gang und rüttelte an jeder Tür. Die meisten Türen waren verschlossen. Die Räume, zu denen Zutritt gewährt war, waren nur mit Gerümpel zugestellt.

Nachdem ich den dritten Raum durchforstet hatte, schaute ich mich in dem Flur noch einmal genauer um.

Am Ende des Ganges blitzte etwas Silbernes auf. Ich rannte an den anderen Türen vorbei, schnurstracks auf das silberne Etwas zu.

Als ich mich ihm näherte, stellte sich heraus, dass es ein großer Schlüssel war. Die Tür, die sich daneben befand, war mächtiger und größer als alle anderen Türen. Sie musste es sein, hoffte ich.

Mit meinen zittrigen Händen griff ich nach dem Schlüssel und steckte ihn in das Schloss - er passte!

Mit aller Kraft drückte ich gegen die schwere Tür, um sie zu öffnen.

Der Raum war leer, nur in einer dunklen Ecke konnte ich eine Gestalt erahnen.

„Luke?", rief ich laut. Erstmal bekam ich keine Antwort. Ich schlich weiter in den Raum hinein. Diese Stille brachte mich um den Verstand, ich hörte nur meinen Puls rasen.

Wieder rief ich seinen Namen.

„Mila verschwinde!", ertönte Lukes kratzige Stimme aus der Ecke. Mein Herz sprang vor Freude, als ich seine Stimme hörte. Ich hatte ihn gefunden. So schnell ein Glücksgefühl in mir aufkam, so schnell verblasste es, denn seine Worte waren alles andere als erfreulich.

„Ich gehe nirgendwo hin! Geht es dir gut?", fragte ich, während ich mich ihm näherte.

Mittlerweile hatten sich meine Augen an die Dunkelheit im Keller gewöhnt und ich sah Luke zusammengekauert in der Ecke sitzen. Er drückte seine angewinkelten Beine fest gegen seinen Brustkorb und atmete schwer.

Ich war entsetzt, als ich einen Blick auf seinen Körper warf: Er war übersät von zahlreichen Verletzungen, die blau funkelten. Es waren die identischen Kristalle wie an Dr. Mantus` Messer und an Tylers Wunden.

„Was ist mit dir passiert?", fragte ich entsetzt und näherte mich ihm noch ein kleines Stück.

„Mila, bleib weg von mir, ich kann mich nicht mehr lange beherrschen!", schrie Luke mich wieder an.

Seine Augen waren pechschwarz. Sie waren auf die blutende Wunde an meinem Hals fixiert, die ich schon vergessen hatte.

Als ich mich zur Tür zurückziehen wollte, wurde ich von Luke überfallen. Er drückte mich gegen eine der kalten Steinmauern, die ebenfalls hellblau funkelten.

Ich spürte, dass er nicht mehr im Besitz seiner vollen Kraft war, aber ich konnte ihm als Mensch nicht entkommen.

Mein Blick wanderte über seinen geschundenen Körper. Ich hatte noch nie etwas so Schlimmes und zugleich so Wundervolles gesehen. Die funkelnden Wunden mussten ihm schon einiges seiner Kraft geraubt haben.

„Ich brauche Blut, nur dein Blut … sonst verschwindet der Tansanit nicht", zischte Luke.

Tansanit. So nannte sich das mysteriöse Gestein.

Man konnte Luke ansehen, wie er seiner Gier zu widerstehen versuchte.

Ich wusste, dass nur mein Blut ihm helfen konnte, aber Luke hatte zahlreiche Verletzungen, sodass er eine große Menge davon brauchen würde, schlussfolgerte ich.

„Ich kann nicht widerstehen", zischte er wieder und urplötzlich biss er fest in meinen Hals.

Mir entfuhr ein schriller Schrei, denn so gewaltsam hatte ich bis jetzt keinen Biss in Erinnerung. Er trank so gierig, dass mir nach wenigen Sekunden schwummrig vor den Augen wurde. Während er trank, konnte ich an seinem Körper beobachten, wie ein paar der Wunden heilten und die blauen Kristalle zu Boden fielen. Aber es waren zu wenige Wunden, und zu viel Blut, das er mir nahm.

„Luke, du musst aufhören, ich kann nicht mehr lange", bat ich ihn. Zeitweise wurde mir schwarz vor Augen. Luke entfernte sich nicht von meinem Hals und sog immer fester daran.

„Du wirst mich töten", brachte ich keuchend hervor.

„Luke!", schrie ich, aber er hörte immer noch nicht auf. Ich wehrte mich mit Händen und Füßen, versuchte ihn von mir abzubringen, es war erfolglos.

In einem Moment, in dem mir wieder schwarz vor Augen wurde, wurde Luke plötzlich von mir weggerissen. Ich wurde durch den Schwung ebenfalls zu Boden gerissen. Sobald es mein Kreislauf zuließ, versuchte ich zu erkennen, was geschehen war.

Schemenhaft konnte ich eine zweite Person erkennen, die Luke an die nächste Wand drückte. Die Person hielt Luke davon ab, weiter mein Blut zu trinken. Ich blinzelte mehrmals, um meinen Blick zu schärfen.

Ich blinzelte weitere Male, weil ich nicht glauben konnte, dass es sich dabei um Tyler handelte. Warum tat er das? Ich versuchte, mit aller Kraft bei Bewusstsein zu bleiben, um den Dialog der beiden zu hören:

„Hör auf Luke, du wirst sie töten!", schrie Tyler ihn an. Niemals hätte ich von ihm erwartet, dass er versuchen würde, mir zu helfen. Vor allem nicht, nachdem ich ihm ein Messer zwischen die Schulterblätter gerammt hatte.

Luke hatte ich dagegen noch nie so gesehen: Sein Verlangen nach Blut hatte ihn vollkommen im Griff. Wie ein blutrünstiges Monster versuchte er, sich gegen Tyler durchzusetzen.

Plötzlich flog Tyler quer durch den Raum. Luke hatte ihm einen kräftigen Tritt verpasst. Kurz neben mir landete Tyler auf dem Boden.

Erst jetzt realisierte ich, dass Tyler sich zu Hause seinem Oberteil entledigt haben musste. Sein Rücken war blutverschmiert und übersät von tausend kleinen blauen Kristallen. Schmerzerfüllt drückte er die Zähne aufeinander.

„Mila, verschwinde", presste er aus seinen Lippen.

Ich wusste, dass ich das nicht mehr schaffen würde. Gerade so konnte ich mich von den beiden entfernen und gegen eine Wand lehnen, um zu sehen, was mich in den nächsten Sekunden erwartete.

Luke kam schnurstracks auf mich zu und fletschte seine Reißzähne. Ich drückte mich angsterfüllt fester gegen die Wand, denn ich wusste, dass ich kaum mehr Blutverlust ertragen konnte.

Doch bevor Luke sich mir noch weiter nähern konnte, raffte sich Tyler auf, schnappte sich Luke von hinten und warf ihn gegen die gegenüberliegende Wand. Für mich fühlte sich der Kampf der Brüder wie eine Ewigkeit an, denn ein Zeitgefühl besaß ich nicht mehr. Auch wenn Luke der Schwächere von beiden gewesen war, schien er sich nicht ermüden zu lassen. Tyler hingegen machte seine Wunde arg zu schaffen. „Luke, kämpf dagegen an!

Ich will es auch, glaube mir. Aber wir finden eine andere Lösung!", erklärte Tyler aufgebracht. Noch nie hatte sich Tyler so für mich eingesetzt.

„Ich will das Blut!", schrie Luke und setzte für einen weiteren Schlag gegen Tyler an.

Lukes Faust traf Tylers Brustkorb mit aller Kraft. Tyler überschlug sich mehrmals auf dem Boden, bis er direkt neben mir gegen die Wand knallte.

Luke kam langsam auf uns beide zu, er trug ein schelmisches Grinsen im Gesicht.

„Tyler, du willst es doch auch. Gib dich deinen Gelüsten hin, es wird dir guttun", sprach Luke zu ihm, während er immer weiter auf uns zu kam.

Ich beobachtete Tyler, der schwer atmete und versuchte, zu Kräften zu kommen.

„Du weißt, wie es schmeckt, wenn es deine Kehle runterläuft und wie es dich befriedigt."

Luke hatte seine Taktik geändert. Er versuchte Tyler umzustimmen.

Luke war mittlerweile bei uns angekommen und kniete vor uns nieder. Er packte Tylers Gesicht fest mit seiner Hand und brachte ihn dazu, dass er mich anschaute.

„Du bist so nah dran, Bruder. Schau es dir an, na los!", befahl er ihm.

Tyler versuchte sich mit gesamter Energie gegen Luke zu wehren, seinem Blick nach zu urteilen, schaffte er es nicht mehr lange zu widerstehen.

Tylers Augen waren auch auf die Seite meines Halses gerichtet, die stark von Lukes Biss blutete. Keiner der beiden sagte ein Wort, jedoch ließ sich Tylers Blick sehr gut deuten. Seine blauen Augen wurden bei jedem blinzeln dunkler, bis sie wieder das tiefe Schwarz erreicht hatten. Er versuchte seine Reißzähne im Mund zu behalten, aber je länger er gezwungen war, auf meinen Hals zu schauen, umso öfter fletschte er seine Zähne.

„Ich schaffe es nicht", krächzte Tyler.

Auch wenn ich es mir in meinem Zustand nur einbildete, sah er mich entschuldigend an mit seinen schwarzen Augen. Lange hielt dieser Blick nicht an und Tyler befreite sich von Lukes Hand. Ich hatte immer noch nicht die Kraft meinen Körper aufzurichten, sodass ich mich gegen Tyler nicht wehren konnte.

Er beugte sich über mich und biss in die Wunde an meinem Hals. Ich konnte nicht überhören, dass er stöhnte, als er seine Zähne in mein Fleisch grub. Auch wenn er sich einmal für das Richtige entschieden hatte, konnte er seinem Verlangen nicht widerstehen.

Ich keuchte vor Schmerz auf.

„Keiner kann deinem Blut lange widerstehen, Mila", gestand Luke und streichelte mir über meine Wange. Ich schaffte es nicht, mich wegzudrehen.

„Du hast es versprochen, Luke. Du hast versprochen mich nicht zu töten", krächzte ich. Kurz schien er inne zu halten.

„Ich habe keine Wahl."

Luke beugte sich auf der anderen Seite ebenfalls über mich und rammte mir, ohne zu zögern, seine Zähne in den Hals.

Ich schloss meine Augen. Die letzten Kräfte in meinem Körper schwanden schneller dahin, als mir lieb war. Die Schmerzen machten es mir schwer, neue Gedanken zu formen. Abwechselnd tauchten Tyler und Luke darin auf. Obwohl sie gerade dabei waren, den Rest Leben aus mir herauszusaugen, konnte ich nicht leugnen, dass ich Gefühle hatte - für Luke und für Tyler. Mein Herz würde für beide schlagen, schaffte es aber nicht mehr für mich selbst.

Ich spürte, wie immer mehr Kristallsplitter auf meine Hände niederrieselten. Ich entfernte meine mit Blut verschmierten Finger aus dem Scherbenmeer und legte sie dicht an meinen blassen Körper.

Mein Vater hatte zu mir gesagt, dass in mir irisches Blut fließen würde. Gerade fragte ich mich, wie viel davon noch in mir war und ob es jemals wieder richtig fließen würde. Wenn ich das hier überleben sollte, würde ich nach Irland gehen, komme was wolle. Nur damit ich ein einziges Mal diese traumhafte Landschaft sehen und fühlen konnte und wusste, woher ich stammte. Diese Reise, die ich mir mein Leben lang erträumte … meine Familie und das Gute in den Brüdern, wo ich mir sicher war, dass es bei beiden existierte, waren die letzten Gedanken, an denen ich mich festhalten wollte.

Man sagt immer, dass in den letzten Sekunden das Leben an einem vorbeizieht - jedoch sah ich nichts mehr. Ein Gefühl von Wärme breitete sich in mir aus, während die Brüder sich immer weiter an meinem Blut bedienten.

Dort, wo sich gerade noch Wärme in mir ausgebreitet hatte, spürte ich nichts mehr. Das Gefühl wanderte von meinen Beinen, über mein Becken, bis hin zu meinem Oberkörper.

Langsam, aber sicher breitete sich die Wärme in meinen Gedanken aus. Sie legte sich über Tyler und ließ ihn verschwinden. Danach verschlang sie auch Luke. Letztendlich legte sie sich auch über meine Angst, die die gesamte Zeit meine Gedanken ausgefüllt hatte. Die Angst, mich nicht richtig entschieden zu haben. Auch legte sie sich über jeden Zweifel, der jemals in mir aufgekommen war. Ich wusste, es war die richtige Entscheidung, mich nicht von den Brüdern abgewendet zu haben. Es fühlte sich richtig an, auch wenn es jetzt so um mich stand.

Jedoch war noch ein letzter Gedanke übrig: Es war die Hoffnung. Die Hoffnung, dass ich am nächsten Morgen die Sonne wieder aufgehen sehen würde.

Plötzlich wurde es dunkel in mir.

Die Wärme ließ die Gedanken in sich ertrinken, überflutete die Hoffnung und riss den Funken Leben, der noch in mir steckte, mit sich.

ENDE Teil 1

Danksagung

Zuallererst möchte ich meiner besten Freundin Annalena danken. Vielen Dank dafür, dass wir nächtelang Konversationen über die Charaktere halten konnten, du meine ehrliche Testleserin warst und du immer alle Probleme, Zweifel und Freuden über das Buch mit mir geteilt hast. Ohne dich wäre dieses Buch nicht da, wo es jetzt ist. Fühl dich gedrückt.

Außerdem danke ich meinem Mann und Hund, die sich das Sofa zu zweit geteilt haben, während ich Abend um Abend wieder auf meinen Sessel verschwunden bin, um weiter zu schreiben. Mein Herz gehört allein euch beiden und ich versuche euch zwischenzeitlich extra viel Liebe zu schenken <3

Weiterhin möchte ich Natalie und Dennis für die tolle Zusammenarbeit danken. Es war immer ein schönes und unkompliziertes Arbeiten mit euch.

Und natürlich danke ich dir, liebe/r Leser/in, da ohne Leser ein Buch kaum etwas wert ist. Durch deinen Kauf hat es eine weitere Geschichte geschafft, nicht nur zu existieren, sondern auch zu leben, so wie sie es verdient hat.

Ich wollte mich noch für das schlimme Ende entschuldigen, dass mich selbst lange nicht losgelassen hat. Doch ich bin mir sicher, dass ihr lange genug mit Mila hoffen und bangen könnt, bis der nächste Teil der Dilogie erscheint, in dem es sich entscheiden wird, wie es mit Mila, Luke und Tyler weiter geht.

Ich freue mich natürlich immer über Rezensionen zu meinen Büchern und wenn euch etwas am Herzen liegt oder ihr euch einfach austauschen wollt, schreibt mir gern eine Nachricht.
Ich sende euch ganz viel Liebe!

Eure Mona Parker

Ihr findet mich auf Instagram unter folgendem Namen.
Ich freue mich auf eure Nachrichten!

mona.parker.autorin